更好的阅读

影响

インフルエンス

〔日〕近藤史惠 著

蔡东辉 译

九州出版社
JIUZHOUPRESS

图书在版编目（CIP）数据

影响 /（日）近藤史惠著；蔡东辉译 . — 北京：
九州出版社 , 2023.8
　　ISBN 978-7-5225-1945-6

Ⅰ . ①影… Ⅱ . ①近… ②蔡… Ⅲ . ①长篇小说 – 日
本 – 现代 Ⅳ . ① I313.45

中国国家版本馆 CIP 数据核字 (2023) 第 117119 号

INFLUENCE by KONDO Fumie
Copyright © 2017 KONDO Fumie
All rights reserved.
Original Japanese edition published by Bungeishunju Ltd., Japan in 2017.
Chinese (in simplified character only) translation rights in PRC reserved by
Beijing Xiron Culture Group Co., Ltd., under the license granted by KONDO
Fumie, Japan arranged with Bungeishunju Ltd., Japan through BARDON
CHINESE CREATIVE AGENCY LIMITED, Hong Kong.

版权合同登记号 图字：01-2023-3428

影　响

作　　者	（日）近藤史惠 著	
译　　者	蔡东辉	
责任编辑	周红斌	
出版发行	九州出版社	
地　　址	北京市西城区阜外大街甲 35 号（100037）	
发行电话	（010）68992190/3/5/6	
网　　址	www.jiuzhoupress.com	
印　　刷	北京世纪恒宇印刷有限公司	
开　　本	880 毫米 ×1230 毫米　32 开	
印　　张	7.375	
字　　数	150 千字	
版　　次	2023 年 8 月第 1 版	
印　　次	2023 年 8 月第 1 次印刷	
书　　号	ISBN 978-7-5225-1945-6	
定　　价	48.00 元	

★版权所有　侵权必究★

译者序

接到编辑的信息是 2021 年 6 月，当时我即将毕业，正顶着太阳闷头四处找房子。

"话说你最近有空吗？我这儿有本书需要翻译，你想试试吗？"

烁烁是我认识的第一位编辑，之前我们一起合作出版了《你好，世界》。

"是这部剧的小说。"

他发给我一个日剧链接。我当时满头大汗，没心思细看，打开链接只见"桥本环奈"四个字映入眼帘。

"我想！"

晚上回到宿舍，当即开始准备。

作者近藤史惠是日本知名推理作家，1993 年出版处女作《冰冻之岛》,一举斩获鲇川哲也奖,自此出道。近藤史惠堪称"劳模",在写作的同时还在母校大阪艺术大学担任客座教授,在这种身兼数职的情况下还几乎每六个月就有新作问世。2008 年更是携作品《牺牲》获得大薮春彦奖,此外还有多部作品被影视化,内田有纪、桥本环奈、西岛秀俊等人气演员皆曾出演过这些影视作品。

《影响》自 2016 年开始连载,2017 年正式出版单行本小说,2021 年 3 月由桥本环奈主演的改编电视剧播出。

动笔翻译前,我看了电视剧,又读了一遍小说,心情非常复杂。一想到接下来的几个月时间里,每天都要一字一句地感受友梨、里子与真帆的痛苦,心里就莫名沉重。而且,我翻译的前两本书都是相对轻松、愉快的科幻作品,也担心自己能否诠释出贯穿全书的压抑感。

这是一个关于三个女孩的故事,她们相互欺骗、隐瞒,又相互保护,不可分离。故事发生在大阪郊外的团地,户塚友梨和日野里子是亲密无间的好朋友,直到有一天,里子无意中讲出自己和外公同睡一张床的事情。大人们听后只是愤慨并疏远里子,而此事发生后,友梨与里子渐行渐远。直到有一天,里子威胁友梨如果她把这件事说出去"就杀了你",两人之后几乎再也没有说过话。后来,友梨认识了家境富裕、洋溢着都市气息的坂崎真帆,两人很快成了好朋友。一天晚上,友梨送真帆回家时,在小区的公园入口,目睹一个身材高大的男人抓住真帆意图侵犯,友梨和真帆拼死抵抗。慌乱中,友梨摸到一把刀刺进男人的身体。第二天早上,警察带走的却是同在一个小区的里子……又过了很多年,久未联系的真帆带着女儿突然找到友梨,让她帮忙解决掉自己酗酒、家暴的丈夫。可友梨后来发现,真帆根本没有结婚。

整个故事以三个人横跨数十年的特殊关系为主线,刻画了"团地"这一独特社会形态下的人物关系、扭曲的友情、吞噬人的校园暴力、女性面临的无处不在的安全威胁,以及对这一切心知肚明却毫不作为的大人们——"像真帆的妈妈那样,对女儿的朋友出言刻薄?或者像我的父母对里子见死不救那样,对与自己无关的事情视而不见?抑或是像学校的老师那样,一直对学校的乱象熟视无睹,直到闹出人命?"故事里的大人们,明明目睹了一切不合理的事情发生,却选择袖手旁观,从不觉得自己有任何问题。讽刺的是,当他们对世界的暴力表现出冷漠,对他人的不幸表现出刻薄时,他们对自己的孩子越是关心,就越是令她们孤立无援——"可我却在心里筑起了高墙,墙的里面只有里子和真帆。"

小说采用的是嵌套结构,故事从小说家"我"收到一封来信开始——"其实写这封信,是觉得也许您会想了解一下我们的事情。……我和我两位朋友之间长达三十年的这段关系,想必您会有兴趣。"被这句话弄得心里毛毛腾腾的"我"和发信人户塚友梨取得联系,在大阪的酒店见面。友梨向她缓缓讲述了自己与里子、真帆之间萌芽于童年、后来彻底固化的特殊纽带。对于这种写作结构，近藤史惠在采访中说："从客观角度审视的话，这样的故事似乎不可能发生，希望借助类似于我本人的小说家角色的出场能让虚构更显真实。"

作为译者，也希望自己的翻译能让大家觉得故事并不那么遥远。祝阅读愉快，请多多指教。

蔡东辉

2023 年 6 月 12 日

1

接到出版社寄来的那封信,是在气温骤降的十二月中旬。

当时正值小说家的忙季。因为新年前后工作几乎无法进行,所以所有的截稿日期都得往前推。我工作的速度本来就慢,因此每年这个时候就格外手忙脚乱。

不仅如此,过去一年毫无进展的项目也会在年末突然被提上日程,也许大家都觉得应该在年关到来前对过去的一年有所交代吧。

于是,我决定先简单看一眼,不过多理会。

手写回信是一件费劲的事情,就连好友的来信我也时常搁置,对于陌生人的来信就更是迟迟不愿动笔了。何况这也不是粉丝的来信，只是陌生人单方面寄出的信件而已。

草草看完，心里有点不悦。这封信有点不礼貌，完全可以扔掉。也许是什么地方让我有所顾虑吧，最后还是没有扔掉，而是随手丢进了一大堆待处理的文件中。

再次把信拿在手上时，已经过了年关。当时，我正在整理待处理的文件，把不要的文件一件件送进碎纸机。送入碎纸机前，我把它重新打开又看了一遍，心里顿时不安起来。

信的前半部分是一些读后感，主要是关于我四年前的书。评价还算可以，甚至有不少夸奖之词，评价的内容总让人觉得略显虚假，但依然可以明显地感受到对方阅读得极为细致，信的笔迹也很好看。

读后感写了大概半张纸后，话题急转直下：

其实写这封信，是觉得也许您会想了解一下我们的事情。毕竟，您和我们年龄一样，您的作品也常常涉及女性关系。我和我两位朋友之间长达三十年的这段关系，想必您会有兴趣。

我心里一阵苦笑。职业小说家常常会听到这样的话："我这一生要是写成小说，绝对有意思，能请你把我之前的经历写成小说吗？"

而实际上，我还从没遇到过哪个人口中所说的"有意思的人生"是真正有意思的，他们不过是把"跌宕起伏"形容为"有意思"而已，大多数时候甚至算不上跌宕起伏，不过是自我陶醉罢了。

而且，就算是有趣的题材，最终能否写成一部小说，主要还是取决于作家的水平高低。

构思情节与结构就像是绘制地图，并不算难，而实际的写作则更像是手握地图在人生地不熟的夜路上踽踽独行。即便地图绘制得再详细，四周的风景再美丽，也不一定能感受到其中的乐趣。而且，我这个人还比较喜欢拿着简单的地图，走一条不怎么浪漫的路。

哪怕是一张完美的地图，也可能糟蹋在我手里。

所以，我其实不愿听这样的故事，但是对于她所说的"我和我两位朋友的关系"又有点耿耿于怀。她没有说自己的人生多么跌宕起伏，而是说我可能会对她们的关系感兴趣。

朋友之间如果没有纠纷和矛盾，一定是最为顺利的。

我从来不相信所谓不打不相识的说法。保持适当的距离，互相尊重，不伤害对方，好好享受在一起的时间，这才是我认可的相处之道。

当然，的确有那种以前发生过争执的老朋友，但如果能互不伤害的话肯定是更好的。

而我自己是不会和曾经呵斥过、伤害过我的人做朋友的。我不会与之争辩，但会默默保持距离。

由于当时看得过于匆忙,没有发现信的结尾还有这么一段话:

其实,我们中有一个人患上了胰腺癌。

在她离世后,我就什么也不能说了。因为就算说错,她也没办法纠正了。

能不能占用您的一点时间?一个小时也可以。

我的父亲因为胰腺癌去世了,所以我很清楚这种癌症不容易发现,也很难治疗。此外,我还隐约感觉到写信人的态度与以往那些希望我能把他们的故事写成书的人有所不同。

如何能够做到客观讲述,那和单纯的自我陶醉者还是有区别的。

以前在报纸上看到您住在大阪。

我也住在大阪。如果您有兴趣的话,希望可以通过邮件或电话联系我。

我陷入了沉思。

或许她给我写信,单纯地只是因为我是住在附近的同龄小说家而已。

做这个决定前,她可能只是简单地调查了一下我的作品题材,看了其中的一本,并不是我的忠实粉丝。这种猜测让我感到轻松。

对方如果是一名狂热的粉丝,我往往会心情沉重,觉得不能辜负别人的期待。

我在电脑前坐下,开始写邮件。

对方说认得我的长相。

确实,只要在网上搜我的名字,照片要多少有多少,虽然我并没有什么名气,而且这也不是我的本意。

可以的话,我一张照片也不想拍。我想尽量避免向全世界公开自己的长相,但是对于一个写小说的人来讲,这似乎是难以避免的事情。

坚决拒绝的话也不是拒绝不了,但采访是让读者了解作品的宝贵机会,这也是事实。

还有就是像这次这样的情况。

我们约好在酒店的大堂见面。

尽管是工作日的下午,大堂里还是几乎坐满了人。我告诉工作人员说约了人,随后走了进去。

一边留意独自一人的女性顾客,一边往里走,很快就和一个坐在窗边的女人视线交会。她顿时睁大了眼睛,像是有点吃惊,随即对我点头致意。

我在她面前坐下。

"你好。"

"没想到您真的愿意见我。"她开口说道。

眼前坐着的是一位尖下巴的小脸女性,身材清瘦。她坐在椅子上,身高难以估摸。

和人见面本身并不难。小说家和常人一样忙碌,也和常人一样有休闲娱乐的时间,我这会儿不过是刚好有一个单行本需要改稿而已。

"不过,我不确定能不能满足您的要求,是否能作为小说的题材也没办法保证。"

"明白的,您听我说完后再决定就好了。"

服务员过来了,我们都要了咖啡。

我突然开始考虑起今天应该谁来买单。这个情况……像是可以平摊,不过是人家讲故事给我听,也许应该由我来付?

算了,聊完之后再考虑好了,能不能友好地结束这次见面还不知道呢。

我总是无数次地想起夕阳照耀下的团地[①]。

[①] 团地,本意是"集团住宅地"的简称。第二次世界大战后,日本各地兴建了大量密集而廉价的住宅,由于负责建造的"住宅公团"具有半官方性质,在廉价之余让购屋者较有信任感,大量离开落后老家进入城市商社的上班族选择入住其中。因此,团地逐渐成为日本快速城市化时期、"一亿总中流"的时代象征,成为一个时代日本人的共同回忆,也由此出现了"团地族""团地妻"等名词。

团地里并排着十多栋一成不变的盒状建筑物，里面有公园、幼儿园、超市、杂货铺和干洗店，还有摆着杂志与绘本的书店。团地旁边还有综合医院。

直到小学那会儿，我——户塚友梨一直觉得自己一生都将生活在这里。

若真想这样也绝不是什么困难的事情。步行能到的范围内就有初中和高中，大学虽然离得有点远，但附近还是有几所学校可以选择的。

大学毕业后可以在附近的超市或店铺工作。

我住的地方是所谓的"新城"，位于团地的中央。稍远一点的地方虽然也有独门独户的住宅区，但我的幼儿园和小学同学几乎都是团地里的孩子。

现在想想也不难理解，独门独户的住宅区里住的大多数都是之前就住在这里的当地人。团地则刚刚建成不久，搬进来的几乎都是年轻夫妇，年龄相仿的孩子自然会聚在一起。

我们只需要和团地里的人交朋友就够了。不管去谁家，都是一样的房间布局，只是家具稍微有些不同而已，所以不用考虑谁家有钱、谁家没钱。大家都没有什么差别，不过是有姐姐的孩子总是穿着姐姐穿过的衣服，有些孩子不仅有芭比娃娃，还有芭比娃娃的房子，仅仅是这样细微的差别。

我没有乡下的老家。

我生下来就在这个团地,爷爷奶奶都已经离世,只有外公外婆住在大阪市。母亲的妹妹年纪轻轻就去世了,父亲的哥哥则在泰国工作,难得回来一次。

所以,暑假和春节我都不用回老家,大家庭也从不举办聚会。上小学时,每次同学们说起春节领了多少压岁钱,我总是领得最少的那个。

长大成人后,我意识到,也许我的人生本来就缺少缘分这种东西。我孤独地来到这个世界,也注定要孤独地度过一生。

那个团地里,还有其他孩子和我一样。

我已经不记得第一次见到日野里子是什么时候了,也许是在团地公园和同龄的小孩子一起玩耍时认识的吧。

从我记事起,"里里"就已经是我最好的朋友了,经常来我家玩耍。

上幼儿园之前,我们在一起玩,常常因为争抢玩具而吵架,然后大哭一场后各回各家。第二天又情不自禁地想和里里一起玩。

里子几乎每天都来按我家的门铃:"友梨,我们一起玩吧。"

那是一个田园牧歌式的时代,发生在孩子身边的犯罪并不少,但大人们好像都不觉得不幸会降临到自己孩子身上。孩子们独自在团地公园玩耍是司空见惯的事情,很少有大人陪同。

我们不怎么去里子家玩。

她的外公和他们一家住在一起。对于当时的我而言,她外公看上去像是一位年过百岁的老人。不过仔细想想根本不可能,当时应该最多六十多岁。

里子的外公和我的外公完全不同。

我的外公五十多岁,当时还没有退休,头顶虽然有了白发,但是喜欢爬山,一到假期就全国各地到处跑。

当然,作为他唯一的孙辈,外公对我疼爱有加。我生日的时候,他会带我去百货商场给我买玩偶。

第一个带我到东京的上野动物园看大熊猫的也是外公。

我所认知的"外公"与里子的外公简直是两种截然不同的生物。

里子的外公不苟言笑。去他们家玩的时候,他从来也不和我说话,却常常因为一些鸡毛蒜皮的事情突然对里子破口大骂。

在外面或我家还喜笑颜开的里子,一见到外公,脸就明显暗了下去。

里子的母亲当时总是在外面,几乎不在家里,不知道是不是出去工作了。每次去他们家玩,总能看见她外公坐在铺有榻榻米的那个房间。有时候就算和他打招呼,他也是板着脸不予回应。

所以,有时候里子约我去他们家玩,我都会马上问她:

"要不还是去我家吧？"

里子总是点点头，然后和我一起去我家。

里子家和我家住在不同的两栋楼里，而且离得有点远。即使对于从小就在团地长大的孩子来讲，要在团地里一下就找到自己家也是有点困难的。

哪怕是拐错一个弯，就会走进一栋满是陌生人的楼里。构造虽然一样，楼里的感觉和味道却完全不同。一旦迷路，不安与恐惧就会如潮水般涌上来。

团地无边无际，自己仿佛永远也没法回家了——就是这样的感觉。

有好几次，我在团地里边走边哭的时候，正好被好心的阿姨撞见，把我送回了家。

在我眼里没有尽头的团地，仿佛要将我吞没，但只要我走到自己住的那栋楼前，团地就完全展现出另外一番面貌。那里有着一如既往的日常：台阶前停放的自行车，隔壁大叔悉心照料的花坛……一切都是熟悉的样子。

但这份安稳并不可靠，团地随时可能变换"脸色"。

独自走在团地时，我往往感到不安，但是和里子走在一起，心里就有了些许依靠。每当我们走在一起时，我就觉得自己稍微长高了一些，也稍微长大了一些。

然而当时的我们，来到这个世界不过才四五年。

团地的孩子们几乎都上同一所小学。

也有几个幼儿园时的小朋友通过考试进了私立小学，但我妈妈总是说："干吗要让这么小的孩子参加考试啊。"

母亲或许也是在团地里长大的，我想。

我曾去过母亲长大的地方。那是位于大阪市内天王寺南边的平民区，那里并排着一列列古旧的木房。

虽然是独门独户的房子，但是每户人家的房子都是一样的形状，小小的房子在街边一字排开。虽然木制推拉门前摆放的盆栽和自行车与团地有所不同，但是整体上似乎和团地没有太大区别。

傍晚，将长木凳搬到门口，穿着七分裤坐在上面乘凉的老人，更是让我有一种时空穿越的错觉。

对于在这样的环境里长大的母亲而言，争先恐后地赢取幸福与财富的想法，简直就像是另一个世界的事情。

总之，我和里子进了同一所小学。

虽然还有来自其他地方的孩子，但是"东团地的孩子"仍然在学校形成了一个很大的圈子。这里的孩子分为东团地的孩子、南团地的孩子，以及住在街边独门独户房子里的和高级公寓里的孩子。

我们很快就记住了本年级的同学住在哪里、属于哪个圈子，不知道这些就交不了朋友。

团地的孩子们，从一年级到六年级的学生，上下学都秩序井然——为了显示自己和其他地方的孩子不一样。

我和里子虽然在不同的班级，但关系还是很好。放学回来，里子总爱来我家玩。

这种状态一直持续到小学二年级的某一天。

那天是星期天，外公来家里做客。

外公和里子并不是第一次见面，但是那天外公格外高兴，不时地和里子搭话。

里子起初显得很腼腆，但是不久便和外公亲近了起来。

外公的脸色大变，是在听到里子说的一句话之后。

"友梨也和外公一起睡吗？"

"友梨不和外公睡呀，里子平时和外公一起睡吗？"

"嗯，妈妈说，女孩子应该和外公睡。"

"女孩子？"

"祐介是跟妈妈一起睡的，但是妈妈说，女孩子要跟外公睡。"

祐介是里子的弟弟，比她小三岁，在上幼儿园。

外公的神情顿时紧张了起来。

"是和外公睡在同一个房间对吧？不是一张床。"

"不是的，是一张床。"

这件事我之前也听里子说过。

团地里的房子是两室一厅的套房。里子家是里子的父母和弟弟睡一个房间，里子则和外公睡在另一个房间的同一张床上。

　　我当时小，只是隐约觉得有些别扭。

　　我是独生子，上幼儿园的时候就开始一个人睡了。有时候也会想要有人陪，就会钻到父母的被子里。不过上了小学之后，我反而更喜欢一个人睡了。

　　就算是出门旅行，我也从来没有和外公同睡过一张床。听我这么说，里子便坚持声称：

　　"女孩子是必须和外公睡的。"

　　里子和外公住在一起，但是我外公不住在我们家，所以会不一样。里子这才终于不与我争论。

　　可是那天，里子却一次又一次地向我外公确认：

　　"女孩子要跟外公睡的，对吧？"

　　外公的表情逐渐凝固，不久便愤怒地起身进了厨房。

　　那天，里子傍晚就回去了，外公却不知为何一直在家里待到很晚。

　　他先是和母亲说了很久的话，之后又和打高尔夫球回来的父亲聊了很久。我听见外公时而尖锐的声音，还有母亲时不时强烈反驳的声音。

　　我不知道他们在争执什么，只听见母亲不时地说，"不要多管闲事""万一误会了该怎么收场""我经常见到里子的外公，看起来特别和蔼，肯定不会做出那种事情的"。

我不知道外公为什么生气，不过听起来像是和里子的外公有关。

那天，他们早早地就让我回屋睡觉了。我一时睡不着，于是竖起耳朵听隔壁房间的说话声。

争吵一直持续到晚上十一点。从团地到外公家需要换乘公交车与地铁，全程大概要一个小时。他似乎并不想在狭窄的房间留宿，终于站了起来。

"唉，我知道我说得难听了点儿。不过，你们以后还是不要让友梨和她一起玩了，万一对友梨有什么影响可怎么办？"

我顿时无法呼吸。再也不能和里里一起玩了。这种担心令我止不住地难过。要是母亲当时点头同意，我肯定会立马哭出来。

"那怎么能行？友梨特别喜欢里子。"

"可是……"

"我不让友梨去她家，要玩的时候就在我们家玩，这样总行了吧？"

外公轻轻地叹了一口气。

"只能这样了。"

母亲没有让我不要和里子玩，但是那天的事情的的确确给我和里子的心里都蒙上了一层阴影。每当我要求"我要和里里玩"时，母亲便一脸愁容。里子来我们家时，母亲也没有表现出之前的热情。里子可能也感受到了吧。

小孩子并不是一无所知。

里子肯定也注意到了，她说了自己和外公同睡一张床后，我外公的脸色就变了。

当时的我既不知道外公为什么突然变了脸色，也不理解他为什么突然不让我和里子玩了。只是隐约觉得，这一切都和里子与她外公同睡一张床有关。

很长时间以后，我才明白外公为什么感到震惊以及他到底在担心什么。

我和里子单独玩耍的次数越来越少，但我们还是朋友。我们还是会和其他团地的孩子一起玩，所以我一直把里子当作朋友。我们没有无视对方，也没有闹别扭。

渐渐地，我注意到我们之间有了距离，而我一直不知道该怎么办。

约里子来我家，妈妈的坏脸色只会伤害里子。妈妈还不允许我去她家，不过我也不是很想去。在外面玩则很难有两个人独处的机会，团地公园总会有别的孩子，就算刚开始只有我们两个人，但是玩着玩着就成了一大群人。

小学四年级的时候，我和里子分到了同一个班级。

在学校的走廊里，里子一动不动地盯着贴在墙上的分班表。我跑到她身边，单纯地为我们分到同一个班而高兴。

"里里，我们在同一个班欸！"

里子转过头。她的脸上没有笑容，嘴巴抿成一条直线，她就这样注视着我。

"里里……"

她瞬间露出笑容，平时与团地小朋友一起玩耍时的那种笑容。从面无表情到露出笑容，转变实在太快，我来不及做出任何反应。

"真的呢，好开心啊。以后请多多关照呀。"

可是，她说完这句话就从我身边走了过去。我终于意识到：她已经不是两年前的里里了。

新学期刚开始，里子很快就和班上其他同学交上了朋友。而且，她与班上那位活泼开朗、运动神经发达、最受欢迎的女生关系很好，她们成了好朋友。里子偶尔也会和我说话，但是一到下课时间，她总是往她好朋友那儿跑。

我运动神经不发达，做什么都懒懒散散，没能进入受欢迎的那个群体，但是和那些同样总是不紧不慢的女同学待在一起，倒也舒服自在。

身边的朋友有些和我们一个团地，都是东团地的，也有南团地的，还有团地之外的。小学一、二年级的时候，我总是和同一团地的孩子待在一起，但是随着年龄的慢慢增长，我越来越看重对方的性格以及与我是否合拍。

我喜欢看漫画，和那群女孩子在一起时，我们总是聊一些漫画的事情。

隔了一些距离之后，我看到了一个活泼可爱的里子。

她的皮肤像漂白过一样白皙光洁，脖子又细又长，日常的短发也显得恰到好处。她总是在笑。

而那个时候，我也开始意识到自己其实并不可爱。

小时候口口声声说我"可爱、可爱"的外公，这个时候也不再谈及我的外貌了，但这并不意味着外公不再疼我。他还是一如既往地惯着我，但我还不至于迟钝到对这变化毫无察觉。

父亲也时不时地说："友梨不算好看，所以得努力学习才是。"每次听到他这么说，我都觉得很受伤。

我的成绩虽然不错，但是在这个世界上，有一张好看的脸可以活得更加轻松。而且，虽然说成绩还不错，但也只是勉强在班级里保持在偏上水平而已，并不拔尖。

反观里子的朋友们，不仅运动神经发达，成绩也比我好。这个世界实在太不公平了。

不公平归不公平，这个世界对我还不算残酷。

上小学时，我没有遭到过恶毒的霸凌，也有自己的一方立足之处。回到团地，大家都认识我，会和我互相问候。

只是与里子渐行渐远这件事让我感到难过。

应该是在五月吧，那天刮着大风，我们像往常一样放学后和大家一起回来。

到团地后，里子迎了上来。

"友梨，我们一起玩儿吧。"

当时，我们已经很久没有一起玩了，我用力地点了点头。

"嗯！"

可是，我很快意识到，妈妈在家里，里子家我又不想去……还没等我发愁，里子就一把抓起我的手跑了起来。

我们沿着团地的楼梯向上跑。

"我们去哪儿啊？"

"到楼顶，最靠近太阳的地方。"

团地的楼是七层高，就算到了顶楼，太阳也依旧很遥远，但我们仍然背着书包跑上七楼，气喘吁吁地坐在楼梯上。

七楼的风很大，头发和裙子在风中凌乱地起舞，但我仍然对楼顶的风景感到一丝丝兴奋。

我家住在二楼，里子家则在四楼，我们都很少有机会上七楼。我和里子并排坐在楼梯上，唱起了音乐课上学过的《请给我翅膀》。

里子起的调太高,我用假声才能跟上她。

飞向没有悲伤的、自由的天空。

但这并不影响我开心,我已经很久没有和里子独处了。

张开翅膀,向前飞翔。

一曲终了,里子闭口不语。我终于注意到,她的脸上已经没有了平时的灿烂,是一副在学校绝不会有的表情。

"怎么了,里里?"

"友梨,你有没有告诉过别人我和外公一起睡?"

我顿时僵住了。虽然我很迟钝,但我也隐约注意到,这是一个不可触碰的话题。过了一会儿,我终于开口说道:

"没有……"

"你觉得你外公会不会和别人说?"

里子还记得她和我外公说过这件事。

"没有,肯定没有……"

我无法确定,不过外公自那以后就再也没有提起过那件事,应该是已经忘记了。外公最近忘事越来越厉害了。

里子抱着书包站了起来。

她贴在我耳边，说：

"要是说了，我就杀了你。"

我顿时无法呼吸。

里子说完便跑下了楼，我只听到她轻微的、略显怪异的脚步声渐渐远去。

没有眼泪。

并不是没有听人说过"杀了你"这几个字，我经常听到喜欢恶作剧的调皮男生互相叫骂"我杀了你"。在躲避球大赛中，入场不久就被击中后胜负欲强的男生曾对我吼道："我杀了你！"

但里子口中的话显得更加沉重，有具体的形状。

不是开玩笑脱口而出的毫无意义的话。

令人难过的并不是里子的威胁，而是把她逼迫到这个地步的世界也有我的参与。

主动疏远她，却又自认为我们还是朋友。因为分到同一个班而喜形于色，因为里子提出一起玩便摇着尾巴跟上来。

当时的我并不清楚里子受到了怎样的伤害才会对我说出那样的话，但我还是意识到：

你并非毫无干系。

比起听到里子说"我就杀了你"，更让我感到害怕的是意识到"和外公同睡一张床"究竟意味着什么。

上小学五年级的时候,老师曾召集班上的女生共同观看性教育方面的幻灯片。

我们学校的学生大多晚熟且纯朴,虽然也有几个孩子有不良倾向,但总体而言,大家还是生活在无忧无虑的环境中。

那个时候,我们才知道身体的结构以及怀孕的原理。只是,那些幻灯片过于含糊其词,里面提到的"性"根本无法让我们和掉落在路边的成人杂志以及男性在电车上阅读的体育报刊里"衣不蔽体"的女性联系起来,也完全无法将其与在书店站着看书时触摸我身体的手以及那些当着我的面从裤子里一把掏出下体的男人联系起来。只是隐约怀疑两者间是不是有什么关系,仅此而已。

但有些东西给了我们一些启示。

在朋友间传阅的漫画里有不少带着性暗示的内容。《源氏物语》中,源氏和女人们共度春宵;《凡尔赛玫瑰》中,奥斯卡与安德烈发生了关系;《生徒诸君》中则出现了被强奸的女生。

我们不知道该如何填补性教育与漫画之间的鸿沟,却也朦胧地意识到:性是生孩子所必需的,是人与人之间相爱的证明,但有时也伴随着暴力。

那是我们看完性教育幻灯片半年之后的事情。

我正在图书馆挑书。我喜欢漫画，当时也喜欢上了看小说，经常选读以亚森·罗宾和夏洛克·福尔摩斯为原型的改编作品。还很喜欢江户川乱步的《怪盗二十面相》，这本书带有某种淫猥的大人的感觉。

也许是哪里出错了吧。

在一堆童书中混入了一本小说，一眼看上去很容易被误认为是童书。封面是粉彩色的少女插画，书里的字很大，汉字也都标上了读音。

我把它借回了家。

到家后，我在自己房间翻阅。看了不久便觉得奇怪，故事中的王子惨遭斩首，公主被强暴。当时，我还不是很清楚"被强暴"的具体含义，却也隐约察觉到应该与性有关。我意识到，被暴力地强迫发生性关系，就是"被强暴"。

那也许是一本写给大人们看的短篇童话集。我感到震惊，也觉得兴奋。它残酷、色情、少儿不宜，但正因如此才令人欲罢不能。

继续翻阅，我看到了一个短篇——是根据小红帽的故事改编的。

小红帽出门去看望外公，却在森林里遇到了大灰狼。聪明的小红帽没有上大灰狼的当，她没有去摘花，而是径直走向了外公家。

可卧病在床的外公见小红帽来了便迅速拉上窗帘，熄灭蜡烛，关上门不让任何人进来。

小红帽丝毫没有察觉到异常——那可是慈祥的外公啊。

外公把小红帽抱在膝上，开始抚摩她的身体。

"外公，你为什么摸我的胸啊？"

"因为小红帽很可爱呀。"

"外公，你为什么掀我的裙子啊？"

"因为外公很爱你呀。"

"外公，你为什么脱我的内衣啊？"

"因为外公很爱你呀。"

真可怜，小红帽就这样被外公吃了。

书从手中滑落。

顿时，一切都联系起来了。

漫画中所描绘的虚幻、凄美的性，与浴室里父亲的裸体具有完全不同的性质，暴露狂裸露的下体以及外公如此震惊的原因。还有，里子的话。

"要是说了，我就杀了你。"

我恨不得惊声尖叫。这不是借口无知就可以得到原谅的。

从那一刻起,我无比痛恨我的外公与父母。

他们选择了对里子见死不救,他们明明知道里子会被吃掉却选择了袖手旁观。

我也难辞其咎。

长大后回想起来,其实也不是完全无法理解外公和父母的行为。如果换作是我,也不一定能解救里子。

当时,虐待儿童的概念很难说得到了普及。你也很难跑到关系并不算近的人家里大声质问:"你们家是不是让孙女和外公同睡一张床?"

如果是无中生有,里子一家肯定大为光火。如果确有其事,他们想必也会尝试隐瞒并大为光火。

即使对里子加以盘问,也很难保证一个八岁多的小女孩的话会被采信。

告诉自己"什么事也没有",然后选择遗忘是最为简单的做法,这我也知道。

但还是忍不住想:应该能做点什么的,应该至少能让里子免于绝望的。

七楼那件事发生以后,我和里子几乎再也没有说过话。

我们只在不说话会让别人觉得奇怪的时候说说话,其他时候甚至没有眼神的交流。

三年后，我们升入了附近的初中。团地的其他孩子也几乎都上了同一所公立初中。当然也有少数考私立初中的学生，每个班也就一两个吧。

里子那个性格开朗、很受欢迎的好朋友好像也考了私立初中。当时我们还小，并不知道上私立学校意味着家庭富裕、教育投入大什么的，只觉得那个同学奇怪。

就在那个时候，有一个与我们同龄的少女搬进了团地。

她的名字叫坂崎真帆，个子很高，瘦瘦的，眼睛似乎总是在注视远方。

她说她学过芭蕾，后背总是笔直地挺起。

她搬过来时正好是小学升初中的阶段，本来不算是转校生，但是由于其他同学都来自同一所小学，她便自然地显得与众不同。

每个人都想和她做朋友。她长得好看，是个让人忍不住瞪大眼睛看的美女，但更吸引人的是她身上独来独往的气质。我也是一眼就被她迷住了。

和小学不同，初中生不会一群人一起上下学，不同班级的人很难成为好朋友。我和真帆不在一个班，连说话的机会都没有。

那种感情有点近似于恋爱。我在小学曾有过一段青涩的初恋，喜欢班上的一个男生，可是现在我连他的名字都想不起来了。但我对真帆的感觉现在依旧能鲜活地苏醒过来。

我希望能和她做朋友，但没想到，最终我不仅和她做了朋友，还成了关系最好的朋友。

第一次和真帆说话是在初一的初夏，在团地的小书店。

当时，我正沉浸在新出的漫画里。我知道这样不好，可就算花光所有的零花钱，我也没办法把想看的漫画都看遍，只好在书店站着看。

所幸我和书店的阿姨已经熟识，她总是对我睁一只眼，闭一只眼。

回过神来，真帆就站在我背后。

"你买吗？"

突然听到这么标准的一口日语，我立马慌了神。那本漫画在这家店里只有一本。

"不买……"

我说，随即把漫画递给她。她拿着漫画走向收银台。

结完账，她拿着包好了封面的漫画朝我走来。

"我看得很快，看完了借给你？"

"欸？"我又吃了一惊，"呃……"

"你不想看吗？"她问道，似乎带着怒气。

我终于回答："想……"

"那你稍微等一下吧，我到那边的长椅上看。"

我不自觉地跟着她向团地公园的长椅走去。

"你是三班的户塚同学吧,我知道你。"

我正准备向她自我介绍,没想到她轻描淡写地先开口了。

"你怎么知道的?"

"我们不是在同一个学校,而且住在同一个团地吗?"

话是这么说,可不知道为什么,我一直觉得她不会对我有任何兴趣。

我坐在长椅上,等着真帆把漫画看完。

其实仔细想想,我只需要请她下次借给我就好了,但我更希望能和她待在一起。

真帆看起书来真的很快。她二十分钟左右便飞速把漫画看完了,然后把书递给我说:"好啦。"

我也当即翻看了起来。真帆没有回去,坐在我的旁边。

我感觉自己轻飘飘地浮在半空,漫画的内容完全进不到脑子里。看的过程中,真帆时不时地说"这里好好笑啊"之类的。只有在这样的时刻,我才稍微清醒一些。

突然之间,我觉得有人在注视我,于是抬起头来。

在公园对面,里子站在那里。见我发现了她,她迅速扭头离开了。

真帆问:"那是谁?"

"五班的日野同学。"

"哦……她也住在这里？"

我点点头，莫名感到一阵不安。

这个时候我还不知道，我们将会出于某些原因永远捆绑在一起。

2

小时候,我总是对未来充满了无限憧憬。

上初中之后的样子、上高中之后的样子、上大学之后的样子,这些我都能想象得到。漫画和小说里充斥着对校园生活的描写。但是,大学毕业后是什么样子呢?我完全无法想象。

结婚,成为某个男人的妻子,成为一位母亲。我想大概会是这样吧。但对我而言,它既没有现实感,也不足以让我心动。

上幼儿园的时候,老师曾让我们画"长大后的自己"。

有的孩子画的是偶像歌手,有的孩子画的是魔法师,女孩子们画的最多的是"公主"。

谁都不能成为公主，极少数人能成为魔法师，大多数孩子都成为不了偶像歌手。

而我甚至没能成为一位母亲。

要是知道自己长大后会是什么样子，上幼儿园的我会有何感想？我想了想这个问题，然后意识到：

不管未来是好是坏，都无法改变。既然这样的话，还是什么都不知道好一些。

明明大多数学生都来自同一所小学，但是初中的氛围和小学完全不同。就像一艘在风平浪静中航行的船突然迷失了方向，像是遇到了一场暴风雨，无论如何也逃不掉，一不小心甚至可能命丧黄泉。

长大后回想起那段时光，好像有无数种可以避免或预防的办法，但是当时没有任何人向我们伸出援手。

父母和外公对里子的态度，还有三年的初中生活所埋下的种子，最后让我有了对大人们根深蒂固的不信任感。

谁也不会向我们伸出援手。

我还好，我得以苟延残喘。只要愿意逃离，初中便不会对我穷追不舍。对我穷追不舍的别有他物，但那与学校的混乱无关。

可我永远也无法忘记没能苟延残喘活着的朋友，那是我难辞其咎的另一项证明。

初中时期的我依旧是一个在班上不起眼的、没有什么朋友的学生。

里子交了好几个活泼、漂亮的朋友，是班级的中心人物。我则每天与几个普普通通的朋友在一起。

小学时被编入特殊班级的、有缺陷的学生，上了初中后也和我们在同一个班级。他们在别的教室上课，但是课外活动和课间都和大家在一起。他们被一些坏学生玩弄于股掌之间，饱受他们嘲笑。

我和我们这一群人会照顾他们，和他们结伴。但那并非出于友善，而是因为有阿丽莎。

前岛阿丽莎，一个可爱的小个子少女。她不像初中生，倒像是个小孩子，动不动就挽着别人或是牵着人家的手，非常可爱。

她有语言障碍，话说不清楚，总是结结巴巴的。现在想想，她可能还伴有发育障碍，有时遇到话说不清楚的时候会大吵大闹。

但我还是喜欢上了阿丽莎。她总是一边笨拙地说话，一边伸过手来抚摩我，试图填补语言上的不足，这让我觉得自己备受信赖。

阿丽莎还经常照顾班上另外一个患有唐氏综合征的女孩子——皆上理菜子。

于是，我们这群女孩子便自然而然地经常与阿丽莎还有理菜子在一起。

其实，我不是很懂理菜子，就算和她说话也只会得到她含混不清的回应。她胖鼓鼓的，像个球，身上总是带着一股馊味。对我而言，理菜子是阿丽莎带来的有点麻烦的拖油瓶。

虽然阿丽莎无法用语言清楚地表达，但是我知道，把理菜子视作麻烦的话，阿丽莎也会受伤。

有的同学把理菜子和阿丽莎当作"与自己完全不同的人种"，嘲笑她们、无视她们。有的男生还朝她们扔橡皮，把她们的书包扔出窗外，把她们的鞋子丢进垃圾箱。

他们画了一条线，把自己与阿丽莎她们区分开。而我也画了一条线，把阿丽莎与理菜子区分开。那条线会伤害阿丽莎，所以我选择把它藏起来。

即使现在已经长大成人，我依然没有停止画线，通过画线的方式隔离不同的事物。

直到现在，我仍然常常孜孜不倦地画线，直到将自己置于线外。我和他们不同，我没有任何价值。我将自己与美好的事物隔离开，独自吞咽着世界的不慈悲。

随着交往的深入，我逐渐看到了理菜子的可爱之处。喜欢某个笑话时，她会放声大笑，并一遍又一遍地央求我讲给她听。没有兄弟姐妹的我，感觉自己就像是在照顾一个小妹妹。被人依赖的感觉并不算坏。

上初一那年,在学校里,我最常和阿丽莎、理菜子以及友美、直子在一起。

友美沉稳又健谈,当时正在笔记本上写一部很长的原创小说。直子是我们这群人中唯一性格活泼的人,班上那些很受欢迎的同学都很喜欢她。她随时可以脱离这个群体,但不知道为什么,她一直和我们待在一起。或许是出于善良吧。

友美和阿丽莎家在南边的团地,直子和理菜子则住在住宅区独门独户的房子里,只有我住在东团地。

由于缺乏运动天赋,有的同学完全对我敬而远之。体育课练习手球或排球时,和我同组的同学有时甚至当着我的面咋舌或是表示不情愿。

也许从这一点上来看,对于那些位于班级顶端的同学而言,我其实与阿丽莎、理菜子没有什么区别。

说实话,我时常想不起自己当时的感受。有时觉得自己当时似乎非常不甘,有时又觉得好像并没有太在意。

不过,可以确定的是,于我而言,比起那些披着一头秀发、伶俐活泼的少女的冷眼,阿丽莎轻握过来的手、友美的玩笑话还有直子的温柔要重要得多。

此外,坂崎真帆也很重要。

我与真帆的关系迅速升温。我们相约一起去学校,放学后也互相串门。

和真帆成为朋友后,我才知道她生活在单亲家庭。

真帆生在东京,父母离婚后,母亲为了和外婆一起生活就回到了老家大阪。

真帆的零花钱远比我们的多,她说是已经离婚的父亲给的。

我妈妈偶尔会说"真帆同学家获得了一大笔补偿金和抚养费"之类的话,看来团地里也已经传开了。

可我觉得,真帆看起来并没有那么幸福。

她常说:"以前住的那个地方,我的房间在二楼。现在,我的房间和厨房只隔了一层隔扇,简直要窒息了。"

同样是两居室的房子。自出生以来,我就生活在这令人窒息的空间里。我是独生子,所以得以拥有自己的房间。团地里有兄弟姐妹的孩子都是两个人甚至三个人共用一个房间,能一个人独占整个房间的我和真帆已经够奢侈了。

在我家,爸爸和妈妈都没有各自的房间。

真帆以前住在什么样的房子里呢?是电视剧和漫画里的那种客厅摆着沙发、花瓶里插着鲜花的房子吗?桌子上铺着蕾丝桌布,沙发上放着戈布兰织锦坐垫。

当我把这些告诉真帆后,她笑了。

"还有钢琴和音响设备呢。"

"你还学过钢琴?"

"嗯，不过不是很喜欢，所以还好，但是不能跳芭蕾了还挺难过的……"

我知道真帆并无恶意，但是对她而言，团地的生活是难以忍受的。

我生在团地、长在团地，身边的玩伴也都住在团地，真帆是第一个给我的人生带来外部视角的人。

原来世界上还有更加优雅、美好的生活和房子，原来真的有人过着电视剧和漫画里所描绘的生活。说不定什么时候我也可以住进这样的房子里。好好学习，找一份赚钱的工作，说不定就能拥有一套自己的大房子了。我这么想。

我之所以没有感到自卑，也许是因为我觉得自己这样的生活是正常的，真帆那样的是特别的。

也许是因为真帆愿意和我做朋友这件事所带来的喜悦更加强烈。真帆绝对没有坏心眼儿，绝对不会看不起我。

我们互借漫画，讨论感想，最开心的是我们之间有了只有我们自己才懂的共同语言。

我们经常想象某一漫画人物的未来。真帆总会进一步开拓我的想象，我也会顺着她所描绘的蓝图进一步拓展。

这个漫画人物与那个漫画人物相遇的话会发生什么？我们扮成漫画人物的样子，演绎他们的会话。这种没有木偶的木偶戏，我们常常乐此不疲地一演就是好几个小时。

回家后，我们还把后续剧情写入日记，第二天交换阅读。假装成学习的样子坐在书桌前，一口气写下好多页。

至少在上初中一年级时，我还不是不幸的。

学校已经开始变得动荡，我却仿佛置身事外。虽然常常背后被人嘲笑，体育课上也有不愉快，但这些并非无法忍受。

远方的乌云密布，但仅凭这一点并不能判断那里是否在酝酿一场暴风雨。

渐渐地，暴力与疯狂渗透进了学校。

最开始变得疯狂的是男同学。他们开始聚在教室后面吸烟，装着烟头的可乐罐被理所当然地丢进了垃圾箱。

认真值日的同学越来越少，有的同学甚至开始高声谈论自己到商店偷窃和敲诈其他同学的"事迹"。

小学时虽然有点调皮但是看上去并无恶意的男同学们，似乎再也无法抑制体内残暴的冲动，开始恣意妄为。

教室的玻璃窗被打碎了。有的同学和别人打架，被一把推下楼梯导致骨折。

也有老师会加以训斥，更多的老师则表现出一副事不关己的样子。

午休结束后，老师走进满是烟味的教室，却也只是面不改色地打开窗户通风换气，随后开始上课。

据说，性质最恶劣的是五班——里子班上的男生。

他们班有一名个子不输初中三年级学生的男生。据说，这个名为细尾的少年在课堂上也会突然离开座位到外面抽烟，明目张胆地无视老师。

只要他们那群人聚在一起，大家都唯恐避之不及，老师也一样，没有任何人会上前劝诫。他们打碎体育馆的玻璃，把走廊的墙壁踢得千疮百孔。还有不少学生遭到刁难，被他们拳打脚踢。

上私立初中的同学曾经问我：

"友梨，南九中是不是特别乱啊？"

我无言以对。我只知道南九中的情况无法与其他学校比较。不过，每个学校应该都大同小异吧？漫画里的不良少年也像他们一样吸烟、打架，老师们也一样不会上前劝诫，这应该没什么特别吧。

从那时起，我开始将精力投入学习中。

不良少年的成绩普遍不太好。即使只能上公立高中，只要上一所对成绩要求比较高的，就能摆脱他们了。

我逐渐意识到，"不良"已经不足以形容他们的失控，他们已近乎疯狂了。

我必须逃离。如果不与他们保持距离，后果将不堪设想。男生和女生中都不乏和我有相同感受的同学。

只有老师们浑然不觉。

那是初一的第三个学期①，一月。

午休时，我拿着交换日记走向真帆所在的班级。真帆早上交换的日记实在太有意思了，我借着自习课的时间写了一段长长的回复。

为了能让她早点看到，我匆匆吃完便当便扔下友美、直子和阿丽莎走出了教室。

我打开教室的推拉门向门里窥探。不管是男生还是女生，都三五成群地把桌子拼起来和朋友们吃着便当。

真帆在哪儿呢？我环顾教室。

只见真帆坐在窗边，一个人孤零零地动着筷子。

我屏住呼吸，无法理解眼前的景象。

我虽然在班上饱受嘲讽，可至少有朋友愿意和我一起吃便当。如果班上没有一个人愿意和我吃便当，我绝对没有走进学校的勇气。

可真帆却端坐在椅子上，心无旁骛地动着筷子。

我准备回去。要是真帆知道自己一个人吃饭被我看见，她一定不开心。正当我要离开时，附近的男生突然问我："你找谁啊？"

---

① 日本实行三学期制，通常第一学期是从每年四月初到七月中旬，第二学期是从九月中旬到十二月下旬，第三学期是次年一月中旬至三月中旬。

"嗯……"

我正想着该怎么搪塞过去，真帆却转过头来。她睁大眼睛，咧开嘴笑了。

我向她挥挥手，走进教室。

"怎么啦？你吃好了？"

我们虽然很要好，但是不怎么到彼此的教室串门，偶尔串门也是因为课本忘带了找对方借之类的事。

"嗯，上午第二节自习，我把日记写好了。"

"真的吗？我看看。"

看样子，真帆很高兴我来找她，她身上包裹的紧张感似乎有所缓解。

她一个人吃便当的时候一定是神经紧绷，拒绝与别人有任何视线交会吧？

我小声说："真帆，下次要不要来我们教室一起吃？"

直子、友美还有阿丽莎应该不会有意见，理菜子从来不会拒绝别人。

真帆无奈地笑了笑："嗯，好啊，谢谢。"

我怎么就没有注意到呢？我竟然对她被孤立一事浑然不觉，她也对此绝口不提。

真帆把交换日记紧紧地抱在胸前，说道："能和友梨做朋友真是太好了！"

我真的配得上这样的评价吗？我甚至都没有注意到她遭到了孤立。

突然间，里子的样子在我脑海中一闪而过。

我绝不能像失去里子那样再次失去真帆。

春天来临，我们上初中二年级了。

分班表贴了出来。我找到自己的名字，然后查看班上的其他同学。

找到真帆的名字时，我不禁欢呼起来。阿丽莎也和我们在一个班，友美和直子一起分到了别的班，但好歹有个伴儿。

理菜子也在别的班。发现她和友美她们不同班后，我感到些许不安。会有人照顾她吗？

我依序查看自己所在班级男生的名字，不禁倒吸了一口凉气。细尾的名字赫然出现在名单中。

细尾应该对我没有任何印象。但是不管怎么样，除了他的同伙，没有人想和他分到同一个班。

比起与真帆和阿丽莎成为同班同学带来的喜悦，细尾所带来的恐惧更加强烈。班主任是数学老师，一个比其他老师更加严厉的男人，但他能否管教好细尾仍然是个未知数。

突然有人拍了拍我的肩膀，我回过头才发现里子就站在我的身后。

"一个班欸。"

"欸?"

我又看了一遍分班表。没错,日野里子也在二班。

"啊,真的欸。"

我们好像已经有一年多没有说过话了。

她为什么在这个时候突然来搭话呢?她的其他好朋友不在这个班吗?可是,很难想象里子会和我还有阿丽莎走在一起。她轻轻松松就能交上新朋友。

我原以为我们已经走上了不同的路,再也不会有交集。里子看起来每天都开开心心的,我也日渐忘却了内心的歉疚与罪恶。也许是继续背负会过于沉重,所以把包袱沉入了心底吧。

她外公那件事没有任何证据,可能从一开始就只是我的误会,我不断地这样说服自己。

里子没有继续和我说话,转头就和其他同学欢快地聊了起来,看样子她并没有要继续和我说话的意思。

从人头攒动的公告栏前挤出身来,我看见了阿丽莎。

我正准备上前打招呼,却发现理菜子在她身边哭泣。阿丽莎不停地对她说:

"不要紧的,我会去四班找你,你也会交到新朋友的。"

这所学校所航行的大海绝不平静,它在一片惊涛骇浪中拼命挣扎。理菜子真的不要紧吗?

老师们为什么要把阿丽莎和理菜子分开呢？可能并没有什么深意，也可能是想把比较费神的学生分开管理。不过，可以肯定的是，他们并没有考虑过这么做会导致什么样的后果。

初中二年级的生活是我的地狱。

开始的时候，一切并不算太坏。我和真帆、阿丽莎每天都黏在一起，一起吃便当之类的。我们依然会受到班上同学的嘲讽，不过细尾那帮人并没有针对我们。

成为同班同学后，我才终于知道真帆为什么会被孤立。

真帆之前学过英语，在课上被老师点到后，总能用一口漂亮的发音流利地完成朗读。即使被戏弄、被恶意模仿，她也一直坚持这么做。而且，她从来不说关西话，总是操着一口标准的日语，这也引起了部分同学的反感。

刚搬过来不久，团地少女们所向往的洋气范儿反而成了她被孤立的原因。

真帆总是挺直着腰背，端庄地扬起下巴，即便被戏弄、被欺负也表现出一副毫不在意的样子。她肯定也很受伤，但她从来不表现在脸上，也从不提及。

但真帆还有我，她不至于被完全孤立。

我反而比较担心里子。和料想的一样，里子几乎从来不主动和我说话。

她也没有和别的女生在一起,而是和细尾形影不离。每次见到他们,细尾不是把手搭在里子的肩上,就是抱着她的腰。有学生说他们在交往。

他们经常在教室后面嬉笑打闹,不时地还能听到里子撒娇的声音。

当时,我已经来了初潮,也给微微隆起的胸部戴上了胸罩。我意识到自己已经不是孩子了,但还是惊讶于里子怎么这么快就变成了大人。

令人担心的是,和细尾交往,完全说不准会带来什么样的后果。

单从班级上来看,细尾是压倒性的强者。老师们也躲得远远的,他抽烟也好,打架也好,都不会受到任何处罚。

和细尾在一起是令人放心的,没有人敢和里子作对。

但这又能持续多久呢?

谣传细尾背后有黑道势力。如果这是真的,那它所带来的麻烦可能远远大于里子在班上获得的特权。

时间一点一点过去。

我现在依然能清晰地回忆起那天早上的事情。当时即将迎来暑假,大家都迫不及待地想逃离学校。

到课外活动时间了，班主任却迟迟没有出现。一个好事的同学到隔壁班级侦查，发现一班和三班也是一样的情况。

细尾和里子没有来学校，但这并不稀奇，没有任何人觉得奇怪。

年轻的副班主任来教室让大家自习。第二节课依旧是自习。第三节课，全校同学终于在体育馆集合了。

校长用低沉的声音说：

"昨晚，有同学发生了意外，离开了我们。是二年级四班的皆上理菜子同学。"

我感到班上的女同学突然松了一口气。

还好不是我的朋友，很多同学都是这么想的吧。我的手开始颤抖，可我有什么权力去责备别人呢？我曾经每天都和理菜子在一起，但是依然对她没有太多了解。

突然，阿丽莎开始大叫。

她发出沙哑的声音，开始大声嘶吼，不停地捶胸顿足。我抱住阿丽莎的肩膀：

"阿丽莎！阿丽莎！"

阿丽莎呜咽着捶打我的手臂，宣泄着无法用语言表达的情绪。

老师们赶了过来。

"前岛同学，安静！"

就算刚刚才痛失好友，我们仍然被要求做乖孩子。我更加用力地抱住阿丽莎。真帆一脸担心地看着我们。

"老师，我把她带到外面去……"

理菜子是阿丽莎的好朋友。

我离开体育馆，领着阿丽莎走向保健室。在保健室，阿丽莎声嘶力竭地大声痛哭，一遍遍地捶打我的手臂和肩膀。

保健室的老师试图让阿丽莎安静下来。"没事的。"我说。我宁愿任由她哭闹。原来我从来没有真正关心过理菜子，一直以来，我不过是为了不伤害阿丽莎才装作一副关心理菜子的样子罢了。

我还以为理菜子是遇到了交通事故之类的意外。

过了一会儿，我把冷静下来的阿丽莎托付给保健室的老师，自己回了教室。

当时还没上课，班上的同学没有一个人坐在自己的位子上，大家都在小声地议论着。

我越发觉得奇怪，发生意外也不至于大半个上午都停课啊。

这时，东团地的清美走了过来。

"友梨，你听说了吗？"

听说什么？我一头雾水。清美继续说：

"皆上同学好像是被细尾他们杀死的。"

原来根本不是什么意外。

那是前一天放学后的事情。

到底是理菜子惹怒了细尾,还是说细尾心有不快把气撒到了理菜子身上,事情的起因甚至都不明不白。

总之,那天放学后,在学校体育馆旁边,理菜子遭到了细尾一行的殴打。她倒下后,他们一脚又一脚地踢在她的脸上、肚子上。

很多留下来参加社团活动的学生都目睹了这一切。他们一边看,一边觉得见怪不怪。

是的,这样的场面已经成为"常态"。只不过,这一次的"常态"恰好伴随了死亡而已。

他们好像是这么说的:理菜子的身体又软又圆的,像个球,不管怎么拳打脚踢都没有反应,所以失手了。类似的消息在学生之间传开了。

没有人知道这是真的还是只是谣言,但如果这就是事实的话,我宁愿这样的事情从来没有发生过。

自那以后,阿丽莎再也没有来过学校。

而不久后,我就听说了另一个可怕的事实。

理菜子被殴打的时候,里子就在现场。

事情发生后,学校发生了翻天覆地的变化。

细尾和他的两个同伙进了少年院。案子被报道出来,但是他们的名字没有出现在报纸上。

学校来了好几个新老师,他们穿着运动服,手握竹刀,对着学生大呼小叫。

抽烟的学生和翘课的学生都不见了。虽然实际接受训诫的只有三个人,学校的氛围却发生了巨大的变化,甚至连上课说话的人都没有了。老师们的体罚变得理所当然,还有女生因为烫头受到老师的鞭打。

看着不断变化的学校,我陷入了强烈的无力感中——要是事发之前学校能有现在一半严厉,也许理菜子就不会死了。

大家看里子的眼神也发生了变化。

作为曾经享有特权的人、班级的宠儿,现在却没有一个人愿意主动和她说话,也没有一个人和她走在一起。

每次一到午休时间,里子就拿起便当消失了。我不知道她在哪里吃,有人说她躲在厕所里。

我不知道该怎么办。

应该向她伸出援手吗?但一想到阿丽莎,我总是迟疑不决。

如果阿丽莎回到学校,看见我和里子在一起,她会怎么想?她一定不会原谅我。

但是,如果里子向我求救,我绝对不会推辞。真帆应该会很生气,但我与里子之间有着一段真帆无法体会的过往。

可是,里子从来没有找过我,甚至从来没有正眼看过我。

在班上的时候，她总是双唇紧闭，默不作声，一到下课时间就没了踪影。

终于，她再也没有来学校了。

我望着空荡荡的桌子，知道自己又一次错失了解救她的机会。

理菜子的死，并非与里子毫无关系。她虽然没有参与殴打，但是不少学生都曾目击她在一旁笑着袖手旁观。

可是，理菜子被人扔橡皮时，被不怀好意的男生伸腿绊倒时，几乎班上所有的同学都笑着袖手旁观。只有阿丽莎会把理菜子扶起来，对肇事者怒目相对。阿丽莎自己也因为说错话和大舌头，一次次地被恶意模仿、嘲笑。

班上的其他同学和里子又有什么区别呢？

实际上，不也有很多同学在理菜子受到暴力伤害时选择了视而不见吗？

我从来没有去四班看望过理菜子。只有在阿丽莎面前，我才会表现出对理菜子的善意，心里其实一直把她视为一个麻烦。

阿丽莎和理菜子平时每天都一起回家，但是碰巧那天阿丽莎要去医院，没来上学。

要是我放学后也和她们一起回去的话，理菜子那天就不会是一个人了。

不，我之所以会如此自责，完全是里子不来上学给我带来的负罪感。

里子受到班上同学孤立的时候,我没有伸出援手。

上初中二年级那年的冬天还没有来临,我就已经失去了好几个朋友。

我的身边只有真帆了。

那年十二月,真帆的外婆从团地的楼梯上摔了下来,腰部骨折了。

因为真帆的妈妈要上班,所以每次都是真帆买好需要的东西送到医院,然后再带回换洗的衣物。医院不远,坐公交车就能到,所以我偶尔也陪她一起去。

真帆的外婆已经六十五岁了,又摔断了腰骨,之前大家都担心她很有可能会卧床不起,不过还好,她复健进行得似乎还算顺利。

从医院回来的公交车上,真帆咻咻地笑着说:

"负责复健的医生是位年轻的帅哥,所以外婆铆足了劲儿。"

"好古怪哟!"我毫不客气地说。

"是吧?"真帆大笑起来。

当时的我还以为大人是一种和小孩子不同的生物,成为大人的一瞬间,快乐也好,内心的悸动也好,都会变得多余。

那天,真帆的母亲因为工作上的事情,要很晚才回来。这种时候,真帆偶尔会留在我家吃晚饭,然后和我一起写作业。

真帆很聪明，很会讨大人喜欢，所以爸妈都很欢迎她来我家。

他们的态度应该不会有假，虽然真帆不在的时候，他们时不时就说"真帆她爸爸出轨了，所以才离的婚""她妈妈拿了很大一笔抚养费"之类的话。

残酷与友好经常和谐地共存于同一个地方。要是真帆听到我爸妈说的这些话，肯定再也不会来我家了吧。

那天的作业很难，不知不觉就过了九点。

妈妈温柔地提醒："真帆，妈妈是不是快回来啦？"

"啊，是的，我这就回去。"

我放下自动铅笔站了起来，说："我送你。"

虽然在同一个团地，但这相当于我们的一个仪式。我去真帆家串门的时候，她也会把我送回家。我也一样。

这样的话，我们就可以多待一会儿了。有时候还会在对方的家门口聊一会儿天。

"不早了，快点回来。"

"好……"

我每次都这么想：要是我们能住在一起就好了，要是能在同一个房间排排睡就好了。

我甚至幻想过在团地的空地上立一顶帐篷，和真帆生活在帐篷里，就像小学那会儿到林间学校露营那样，把铁饭盒架在火上煮饭，做咖喱。

应该不难实现才对，怎么就没有人这么做呢？

那天不知道怎么了，下楼后，我们在我家楼下聊了起来。我们站在最近新设的警告牌前聊了很多。警告牌上画着蹩脚的插画，上面写着"谨防痴汉"。

我和真帆说过很多话，但我从来没有和她提起过理菜子和里子。我希望阿丽莎能回学校，可又不知道该怎么办。

据说，班级委员去了阿丽莎家，但是并没有见到她。有人说，她转校去了一所设有特殊班级的学校。

阿丽莎在那里过得好吗？那里还会有人伤害她吗？

聊了一会儿，真帆慌张地看了一眼家的方向。

"完了，妈妈回来看到我不在家一定会生气的。今天就送到这儿吧！"

"嗯！"

真帆把书包抱在胸前跑了起来，她经过一辆停在路边的白色厢式货车。

我不舍地目送她，这时候发现白色厢式货车开始缓缓滑行。

有一种不祥的预感，我下意识地移动脚步。

从我家到真帆家，中间要经过一个公园。公园虽然有路灯，但这个时间总是悄无人声的。

到公园的入口时，白色厢式货车停了下来。一个男人一把抓住真帆的手腕。

男人的身材高大，脸上戴着口罩。真帆拼死挣扎，可完全不是对手。男人试图把她拉进车里！

我叫不出声，喉咙紧绷着，硬邦邦的。但我还是跑了起来，猛地撞到男人身上。

"友梨！"

"真帆，快跑！"

快去叫人——话还没说出口，一只大手就掐在了我的脖子上。男人的手！我无法呼吸。

我感到脚下没了力气，一下子蹲在地上。手终于松开了。真帆从背后抱住了男人。

男人一把甩开真帆，对着她的肚子狠狠地踢了一脚。

救命啊。真帆会死的。

手好像摸到了什么东西——刀！可能是男人刚才顶在真帆身上的。

我握住刀，从正面刺进了男人的身体。

只是最开始的时候感到些许阻力，随着我用力向前推，我的手完全探入了男人的腹部。

男人蹲坐在地上。

真帆扶起愣在原地的我。

"快跑！"

我的手上沾满了血,其他地方却没有弄脏。

男人还活着,他佝偻着背,气喘吁吁。

"快跑!我们是正当防卫!"

真帆的话自相矛盾,但我还是点了点头。我们朝着两个不同的方向奔跑。我在外面用自来水洗了手,还反复冲洗了好几遍沾上血水的水龙头。

突然想起刀上的指纹还没有擦掉,我顿时无法呼吸,可我不能再回公园了。

我也会像细尾他们那样被送进少年院吗?我才十四岁,名字应该不会出现在报纸上,但一想到要和细尾那样的家伙待在一起就不寒而栗。

至少应该算是"正当防卫"吧?像真帆说的那样。什么也不做的话,真帆就被劫走了,可能会被杀死。

我和杀死理菜子的细尾那帮人完全不同。

回到家,父母正在看电视。

"都说了要早点回来。"

"嗯……一说起话来就……"

我的声音在颤抖,但爸爸和妈妈并没有注意到。

"快去洗澡吧。"

"嗯。"

我走进浴室,认真地冲洗头发和身体。看到指甲里的血迹,顿时觉得毛骨悚然。

完了，我想。从明天起，我将被放逐到一场新的暴风雨中。我将孤立无援，无依无靠。

从浴室出来跟爸妈道过晚安后，我便钻进了被窝。

我原以为自己会完全睡不着，没想到很快便进入了梦乡。

第二天早上，我被妈妈叫醒。

"今天别去学校了。"

完了，妈妈都知道了。

"妈……"

妈妈一把抱住我，说道：

"友梨，你听我说。昨天，团地里有个男人被杀了。"

我知道，是我杀的。

妈妈继续说：

"警察把里子带走了。他们说里子被男人持刀威胁，眼看就要被拖进车里了，她拼命抵抗，没想到挣扎中把男人杀了。"

我完全无法理解妈妈在说什么。

"里子？"

"嗯，在学校听到什么不好的话，你也一定不好受，你们以前关系那么好。"

那是以前。现在，学校没有任何人知道我和里子曾经是好朋友。

可以不用去学校自然好,但我没法装作没事发生。

我突然意识到:

那个公园正对着里子家的窗户。

3

从昨晚到今天早上，我简直像游走在另一个世界。或者说，昨天的一切都只是一场梦。不，也许现在才在梦里。

我脚下轻飘飘的，甚至无法相信眼前的一切，只感到彻头彻尾的恐惧。

里子被逮捕了，我应该可以逃过一劫了吧？我并不是没有这种侥幸心理，但是比起侥幸心理，对真相一无所知的恐惧更加令人痛苦。

鲜血黏滑的触感、刺鼻的血腥味、刀子传递过来的肉体的弹性，它们缓缓下沉，又四处撕扯。

如果散落在记忆里的这些生动的感觉都不可信的话,我今后到底该相信什么?

那天傍晚,我发起了高烧。

父母以为我是因为里子被捕而受到了惊吓。

只要他们有这样的想法,那么就算我表现得稍显奇怪,他们也不会起疑了吧。昨晚逃回房间后,我一直担心事情会败露。

能一直隐瞒下去吗?

很快便有声音告诉我:"不可能!"

在这种声音面前,乐观瞬间土崩瓦解。

里子被逮捕可能也是因为警方把她认成了我。虽然里子更加苗条,个子也更高,但我们毕竟年龄一样。

也许警察很快就会发现抓错了人,转过头来找我。

脚下软绵绵的,逐渐陷入了一片泥沼中。

我躺在床上一次又一次地望向窗外。从窗口跳下去和世界同归于尽,这样就能解脱了吧?

那一年,我十四岁,杀了人。但我幸福的少女时代并没有在那个瞬间坠入地狱。

我一直行走在刀刃上,至今没有摔下来,纯粹是因为幸运,可我的脚底早已伤痕累累。

我的双手沾满了鲜血,我经常彻夜无眠,但并不是因为那起意外。

等到我明白自己也有幸福的权利，是在十年后、二十年后，总之，是在十四岁的我根本无法想象的遥远的未来。

三十七点五摄氏度的低烧一连持续了四天。

在没有上学的时间里，我一直躺在床上，隔着玻璃窗仰望天空。

以锐角仰望天空时，天空是好看的蓝色。在阳台上明明只能看到千篇一律的建筑，而从下往上看，却只能看到天空。一直望着天空的时候，我甚至可以忘记自己犯下的罪。

我幻想自己成了另一个人。

我把存有零花钱的存折、几本我最喜欢的漫画以及巧克力饼干装进背包，出门远行。我骑上自行车，在公园钻进睡袋，看着夜空入睡。

想到这儿，我突然意识到不能在公园睡。真帆仅仅是走在路边，就差点被别人拽进车里。就在离家不远的地方。

我们早已没有了自由，只有男生才能在暑假骑上自行车出门远行。

我们如果想自由地出门远行，就会面临杀死别人或者被别人杀死的选择。非此即彼。

我到厨房喝水，喝完继续回到床上沉睡，然后做梦。

我担心错误被纠正,却依旧沉睡不起。

第五天,烧终于退了,我昏昏沉沉地去上学。

我没有等真帆,独自走在上学的路上。身边的同学在闲聊、谈笑,大家看起来都很高兴。

和之前的日复一日完全一样。理菜子死后也是这样。事后一两天,大家表面上有所收敛,随后很快便理所当然地恢复了日常。

我明白,那并不奇怪。

我也一样,我也不愿意因为并不熟悉的同学,便不得不表现出一副难过的样子。每天都有人死,每天都有骇人听闻的事情发生。即使是在同一所学校,对于大多数人来讲,依然是一起与自己毫无关系的事件。

可怕的是,自己明明无法动弹,世界却在不停地转啊转。

在上课铃声响起的前几分钟,我走进教室坐在座位上。见我进来,真帆马上走了过来。

"友梨,你没事吧?"

"嗯,退烧了……"

我知道真帆所说的"没事"并不是这个意思,但是身边还有其他同学,不方便讨论过多。

老师很快就来了。

我坐在座位上,突然意识到班上的人越来越少了。

阿丽莎不来学校，细尾进了少年院，现在里子也不在了。他们的桌子被搬走了，空出的空间也被填满。就连不在的痕迹也被涂抹得一干二净，像涂上一层水泥一样。

离开这里的也可能是我，我的离开也一样会迅速被大家遗忘。

我听到邻桌的女生们在议论：

"感觉终于清净了。"

"是啊，奇奇怪怪的人都走了，真是太好了！"

眼前的景象顿时黯然失色，就像一块背景板，失去了现实感。

确实，学校很快就恢复了秩序，吸烟的学生和翘课的学生统统没有了，但这一切都是被竹刀打出来的。

这是真的秩序吗？

放学后，真帆自然地走到我身边：

"一起回去吧？"

她的眼睛里满是不安。

我点点头。

真帆肯定也对里子被逮捕一事感到蹊跷，但是又没有人可以商量。

在回去的路上，我们隔开一段距离，默默地走着。真帆像是有什么话要说，但我一直躲避她的眼神，拒绝开口说话。

我并不是不想和真帆说话，但我害怕在有别人的地方谈及那天晚上发生的事情。真帆只是个受害者，可我不是。

我把刀捅进了男人的腹部。只要真帆向大人们开口，我立刻就会被警察带走，就像里子那样。

然后，同学们会笑着说："奇奇怪怪的人都走了，真是太好了！"

回到团地后，真帆开口道：

"来我家吗？"

我点点头，背着书包穿着校服就径直去了她家。

走上楼梯，我看着真帆开门。进屋，关门。听到锁门的声音，我终于抬头看了看真帆。

犹如决堤的洪水，真帆滔滔不绝地问我：

"友梨，到底是怎么回事？为什么她会被抓？为什么没有抓我们？是她撒谎了吗？还是说死的是别人，然后是她杀的，和我们没有任何关系？"

"我不知道……"

这些事情我也想知道。

"那位同学……日野里子，友梨，你和她没有什么关系对吧？她没有理由要袒护我们，是吧？"

我沉默着。

"怎么了？"

"我们……我们以前的关系很好……"

"以前？什么时候？"

"直到小学二年级左右吧……"

真帆一脸茫然。

"那么久了？如果之后关系一直不好，那就不算是朋友了。"

听她这么说，不知道为什么，我突然觉得有点厌恶。

"你别这么说。"

真帆一脸惊讶：

"……对不起，不过……"

"不过"后面的话，我不听也知道。

"她可是细尾的女朋友，他们杀了理菜子。"

"嗯。"

没错，理菜子是被细尾他们杀死的。但如果说在现场微笑旁观的里子有罪的话，仅仅因为换了班级就不再和理菜子一起回家的我，就一点责任也没有吗？

真帆继续说道：

"会不会当时你捅得其实不重，然后那家伙准备追上你实施报复，结果误把日野里子认成了你……你们的年龄也差不多。"

怎么会呢？我确实捅了那个男人一刀，但那是因为他准备伤害真帆。可他却反而怒火中烧，准备对我实施报复……这太奇怪了。

听我这么说，真帆似乎有点生气。

"就是这样的！我上小学的时候，一直乘电车上下学。有一次遇上了痴汉,我就警告了他一句,结果他下了车还一直跟着我……当时,我跑到便利店求救,让他们帮我把那家伙赶跑了。但是后来,我实在太害怕了,所以上下学的时候故意选择绕远路。"

我突然感到无可救药的难过。

我曾经在公交车上被邻座一个西装革履的男人摸过大腿。当时,我实在太害怕了,什么也没能说出口。如果我说了什么的话,那个男人是不是也会露出凶残的一面?

真帆斩钉截铁地说:

"那种家伙,死了活该!"

这句话让我稍微好受了一些。

真帆当时也说那属于"正当防卫",我也是这么认为的。

什么也不做的话,真帆可能就遇害了。可为什么这件事让我们如此难以启齿?

我小心翼翼地问真帆:

"你有没有和别人说?"

"怎么可能说?"

令人绝望的回答。真帆那么坚决地说"那种家伙,死了活该",可就连她也觉得难以启齿。

"真帆,要不还是把真相说出来吧?"

"真相?"

"是我捅的那个人。"

我不知道他是不是我杀死的,当时他还没死。

"不!"

真帆出乎意料地坚决。

"动机呢?你怎么说?"

"怎么说?因为你当时有生命危险……"

话刚说出口,我终于注意到真帆红红的眼睛。

她哭了。

"我不要!我不想让别人知道他摸了我,不想让别人知道他对我说了什么。与其让别人知道,不如让我去死!"

"真帆……"

我满脑子想的都是自己捅了别人一刀,从来没有考虑过受到男人侵害的真帆有多么恐惧、多么不安。

"那种男人,死了才好!他要是活下来了,我肯定连门也不敢出。"

至少他已经不在这个世界上了。虽然这个世界还有很多暴力的行为,但那个男人的死的确拯救了真帆。

真帆在我身旁坐下,把头靠在我的肩膀上。

"能和友梨做朋友真是太好了……如果当时不是你帮我……我……"

我微微张开嘴看着真帆。

真帆的话让我莫名地感到奇怪。是我救了她吗?确实,当时我觉得我不出手，真帆就会死，所以才拼命阻止。

可收到真帆的感谢还是觉得奇怪。

不过，当真帆柔顺的头发落到我的肩膀上时，我还是感受到一股小小的幸福感。

上初中三年级了。

从二年级升到三年级不会重新分班。老师说是为了减少不必要的压力，让大家好好准备考试。我还是比较希望重新分班。能和真帆在一个班自然很开心，可阿丽莎和里子离开的事一直在我脑海里挥之不去。

阿丽莎再也没有回来。我想给她打电话，却不知道该说些什么，给她寄出的新年贺卡也没有回音。不过，这也没办法，阿丽莎写起字来很困难，在学校给她传的小字条也从来没有回复。

据住在她家附近的同学说，阿丽莎去了别的学校。只要她过得好，这就足够了。

我希望可以和她再见一面，继续做朋友，但那不过是我的一厢情愿罢了。

还有一件事一直让我耿耿于怀——真帆变得越来越沉默寡言了。

放学后，她也不来我家串门了，上下学的路上也不怎么说话。在学校的时候，我们总是待在一起，但她只是听其他同学说话，几乎不怎么开口。

毕竟发生了那样的事情，实在没办法。我一直这么想，从来没想过多追问。

那是新学期开始的两三天后。初中三年级的课上午就上完了，我们顶着正午耀眼的大太阳走在放学回家的路上。真帆说：

"今天要不要来我家写作业？外婆去医院了，家里没有别人。"

"嗯，好啊，我吃了午饭就过去。"

"嗯，早点儿啊。"

我们很久没有两个人待在一起了，我很高兴。春假的时候，真帆忙着上补习班，我们几乎没怎么见上面。

回到家后，我换下校服，自己泡了一碗面吃。

妈妈半年前开始打零工，经常不在家。我并不害怕孤单，所以反倒觉得轻松。

真帆为什么让我早点儿呢？我一边想，一边洗干净餐具，然后把校服放进脏衣篓。为了防止妈妈回来找不见我而担心，我留了张字条告诉她我去了真帆家。

我穿上喜欢的白色蕾丝衬衫和裙子，把作业和文具盒装进书包出了门。当时是一点半左右。

不知道为什么，到了真帆家后，她好像有点不开心。

"好慢啊。"

"我觉得已经挺快了……"

我们有足够的时间，可以一直写到傍晚。我们把小桌子搬到真帆的房间，把作业摊开。

我和真帆一起做英语的阅读理解。真帆手握2H的自动铅笔，细细的笔芯在纸上沙沙作响，写出来的字又细又小。奇怪的是，一些连我都知道的地方，真帆竟然理解错了。

真帆的英语成绩一直比我好，每次都是她教我。

会不会是我弄错了？我不敢确定，所以没有指出。

真帆把笔往桌上一扔：

"我一直在想……"

"什么？"

"你说日野同学，是不是想和细尾在一起啊……"

我过了一会儿才明白真帆在说什么。

"你是说，她为了和细尾君在一起，所以说是自己做的？"

我尽量避免使用具体的词。

"她在学校不是经常受欺负吗？不过，那都是她自作自受，所以她想逃离，一定是这样的。"

我不希望她这么说里子。每次真帆提起里子，我都觉得有点厌恶。虽然只是向"喜欢"的池水里滴入一小滴"厌恶"，可滴多了，池水的颜色就变了。

我想转移话题，于是用稍显强硬的语气说：

"女生和男生去的是不同的地方。"

"她可能不知道啊。"

真的是这样吗？里子会这么愚蠢吗？为了在学校找到立足之地，她总是能接近班上最受欢迎的同学，细尾也轻而易举地拜倒在她的石榴裙下。

"如果是这样的话，等于是里子救了我？"

真帆的表情略显复杂。

"结果上是这样。"

"里子不会这么做的，她应该很讨厌我才对。"

真帆睁大了眼睛，这好像是我第一次跟她提起我和里子的事情。

"为什么？你们以前的关系不是很好吗？"

"嗯，那是小学二年级之前。但她现在很讨厌我，因为我抛弃了她。"

里子的声音清晰地回荡在耳边。

——要是说了，我就杀了你。

不是现在的里子，是小学四年级的里子的声音。

"所以，里子绝对不会救我。"

真帆把手肘撑在笔记本上，看着我，说道：

"你要说得再清楚点我才知道。"

"我本可以救她，但是我没有。就是这样，没有什么好说的。"

话说到这份儿上，真帆一脸惊讶。有好一会儿，她沉默地思考着。

我不想面对真帆，于是打开词典埋头查单词。

门口突然传来开门的声音，真帆抬起头：

"我妈回来了……"

"欸？"

真帆的妈妈做着全职的工作，平时一般不在家。见我一脸惊讶，真帆小声说：

"今天，妈妈请假陪外婆做复健，不过一般要四点以后才回来的……"

"真帆！你回来了吗？"

房间外传来了真帆妈妈的声音。

"嗯，来了。"

真帆站起来，紧接着又弯下腰凑在我耳边小声说：

"不管我妈说什么，你都别太在意啊。"

真帆说完便离开了房间。我疑惑地看着她的背影。

她妈妈会说些什么呢？

真帆的妈妈和真帆一样，身材苗条，长得也很好看。她总是一头短发，穿着西装和浅口皮鞋。家长日在学校见到她的时候，她也是一副端庄、得体的样子。

我本想出去打个招呼，却发现真帆出去的时候把门关上了，好像不想让我和她妈妈见面。

气氛很奇怪。我听见真帆在和她妈妈说话,但是听不清她们在说什么。

过了一会儿,真帆回来了。

"抱歉,今天就到这里吧。本来有点事想和你说的……"

"嗯,下次来我家?"

"可以啊。"

真帆略显勉强地笑了笑。我正在收拾笔记本和文具盒,房间的门打开了。

真帆的妈妈端着两杯橙汁走进房间。

真帆神情紧张地说:

"妈,友梨要回去了。"

"这么快?妈妈还没和友梨同学说说话呢。"

房间的气氛顿时紧张起来。我不知道该怎么办,僵硬地站在原地。

"友梨同学打算考哪个高中呀?"真帆的妈妈突然问我。

这段时间,不仅是朋友的母亲,就算是没什么关系的人也经常问我这个问题。团地里的同学基本都会报考公立高中,所以只要一说学校的名字,别人马上就能知道你的成绩大概怎么样。

"我准备考佐仓丘高中。"

虽然没有什么好骄傲的,但是也还不算坏。稍微冒险一点的话,也可以试试再好一点的学校,但我害怕失败,家里没有条件让我上私立学校。

真帆妈妈的眼神突然变得犀利起来。

"我准备让真帆报神户的女子高中。"

"妈！我不想乘电车上下学！"

从这里到神户大概要一个小时。当然，的确有人愿意花这么多时间上下学，不过还是特别辛苦。

我要考的学校骑自行车就能到。我小小地期待过，要是真帆也上同一所高中就好了。我们的成绩差不多，这不是不可能，况且真帆以前也说过她想考佐仓丘高中。

不过，如果我和真帆最后上了不同的高中，这也不是没有可能，所以就算知道真帆要报考神户那边的私立高中，我也不觉得奇怪。

在学校里也是这样，虽然大家都说"希望能上同一所高中"，但那不过是单纯的希望而已。要是这样就好了，要是那样多开心啊，大家只是在表达类似这样的愿望。

不管怎么样，我们要走的路都会很快分开。分班、转学、升学，没有人知道握在一起的手能否永远不分开。初中三年级就是这样一个时期。

不过，我们同住在一个团地，就算学校不一样也依旧可以随时见面。

真帆的妈妈没有理会她，继续对我说：

"反正明年你们就要上不同的学校了,也不会有什么来往了。而且,今年你们都很忙吧?友梨你也别老是贪玩了,多花点时间在学习上怎么样?"

"妈,你别说了!"

真帆大声喊道。

我勉强能感受到她妈妈说的话很无理且不怀好意。

就算不完全理解她话里的含义,我也依然能感受到其中的恶意,然后感到受伤。她是嫌弃佐仓丘高中级别太低了吧。

"友梨,我们走。"

真帆抓起我的手把我拉起来。

"阿姨再见……"

我僵硬地道别,随后起身。在门口穿鞋的时候,身后传来真帆妈妈的声音:

"我觉得你们都找一个跟自己水平相当的朋友比较好。"

"妈,你别说了!"

我终于意识到,真帆的妈妈觉得我不配做真帆的朋友。

真帆陪我一起走到外面,把门关上。

"那我回去了。"

我拼命挤出一丝笑容。真帆一把抓住我的手:

"我们去公园吧。"

那件事发生后,我们再也没有去过公园。我们都不愿回想起十二月的那个晚上。

和往常一样,下午的公园全是小学生,他们快活地奔跑着。

我们坐在公园的长椅上,看着眼前的小学生。真帆开口说:

"妈妈的话说得太难听了,对不起。"

"没关系,我没放在心上。"

"上个学期,我的成绩退步了好多……"

"这样啊。"

去年,我们身边发生了太多的事情,根本没有静下心来好好学习的环境。

"没关系的,考试是在明年,现在还来得及……"

我尽量乐观地说。

可我自己一点也不这么认为。什么努力学习,努力通过考试就会有美好的未来,我一点也不信。

"你明明就是个杀人犯。"有个声音在我耳边说。

我不觉得可以一直隐瞒下去,真帆知道事情的真相,里子可能也知道。

我们不过是在拖延而已,把迟早要发生的事情不断地拖延。就像牙医注射麻醉剂那样,不过是一种自我麻醉罢了。

想到这儿,我不禁暗自失笑。

如果你没有杀人,上了一所好的高中,进了一所好的大学,那又怎样呢?

像真帆的妈妈那样，对女儿的朋友出言刻薄？或者像我的父母对里子见死不救那样，对与自己无关的事情视而不见？抑或是像学校的老师那样，一直对学校的乱象熟视无睹，直到闹出人命？

这就是我所能想象到的关于未来的全部。

"妈妈说是因为环境不好……学校那边，理菜子被人杀了，团地这里……日野里子又……"

我抿紧嘴唇。

"妈妈后悔让我上了公立学校，所以让我去神户上女子高中……但我一点也不想去，那个地方我一个人也不认识，也害怕挤着电车去上学。"

我想起真帆在上初一的时候在班上受排挤的情形。

一旦父母做出决定，我们根本无力抵抗。像任性的小孩子那样，在地上打个滚，大哭一通就会管用吗？

"就算上的高中不同，我们也永远是好朋友。"

真帆却摇了摇头。

"妈妈让我不要和你做朋友……她说我的成绩下降是因为身边的朋友不好……"

我愣住了。

我们在上初一的时候就成了朋友，初二第三个学期成绩下降能怪我吗？而且，我和真帆的成绩几乎不相上下。

"对不起,我不该和你说这些的。"真帆带着哭腔说。

"嗯……没关系。"

"妈妈好像从别人那里听说了你和日野里子以前关系很好……所以对你……"

我恍然大悟。难怪……

里子遭人厌恶是因为她杀了人,而真正的杀人凶手其实是我。

里子是我,我才是里子。

我沉默着不知道该说些什么。

真帆突然问:

"我和友梨不一样吗?"

"嗯?"

"妈妈说我和你不一样,所以就算现在关系很好,以后也肯定走不到一起。"

我感觉自己被浇了一盆冷水,真帆的话像是一句咒语。

哪里不一样呢?真帆比我漂亮,英语很好,生在东京,上的私立小学,接下来可能要上私立高中。

要说差异的话,并没有很大。提到真帆的时候,我妈妈曾多次表示:"那孩子没有爸爸,真可怜。"每次听到妈妈这么说,我都感到不适。在真帆的妈妈眼中,我是不是也显得非常可怜?

我们在一起的时候很开心,我也喜欢真帆,这还不够吗?

心里突然一阵绞痛。我和里子就是这样被拆开的,我不想再失去真帆。

大人们总爱不懂装懂。

既然你们什么都懂,为什么理菜子还是死了?年幼的里子可能遭到外公的侵犯,你们一点也没有想到吗?想把真帆拽入车里的男人,你们谁都没有注意到吗?你们以为立一张"谨防痴汉"的警示牌就可以解决一切吗?

我好想哭。最令人恐惧的是,我发现我和真帆之间已经有了裂痕。

她妈妈说她和我不一样,真帆感到不知所措,她并没有强烈地否认这一说法。而这让我极为受伤。

——你反驳她呀!为什么要接受那样的诅咒呢?!

我放弃挣扎,紧紧地握住真帆的手。

她的手很柔软,也很温暖,但是一旦松开,这份柔软和温暖都将即刻烟消云散吧。

那个时候,我和真帆并没有马上决裂。

真帆不情不愿地报考了神户的私立女子高中。我们虽然没有再互相串门,但在学校还是在同一个圈子。我们的关系依旧很好,每天放学后都一起回家。在一起的时候,我们都很开心。

决定性的事件发生在寒假结束,第三个学期开始的那天。

结束开学典礼后,从体育馆回到教学楼时,我察觉到一丝异样的气氛。

以前的话,老师还没来的时候,往往能听到教室里大家快乐的闲聊声,今天却是一片寂静。

打开教室的推拉门,谜底终于揭开。

日野里子坐在靠窗的座位上。

不见的这些日子,她长高了许多,衬衫的袖子变短了,胸前的扣子被高高的胸部撑起,像是要随时绷开。

一位同学靠近里子:

"这是我的座位……"

"啊,对不起。"

里子站了起来,像是无事发生。那里去年确实是里子的座位,可现在教室里已经没有她的座位了。

里子转过头来,和我的视线相对。之前,她从来没有在教室里主动找过我,现在却朝我走了过来,然后一把挽住我的胳膊。

"友梨同学,好久不见呢,我好想你啊。"里子嗲声嗲气地说。

我第一次听见她发出这种声音。

放学后,里子径直走到我身边:

"友梨同学,我们一起回家吧。"

"啊……嗯。"

我转头看向真帆。她迅速转移视线，提起书包站了起来，头也不回地离开了教室。

我不知所措，但还是选择了和里子一起回去。有些事我必须找她问清楚。

出了学校，里子长长地舒了一口气。

"累死了……"

班上的同学都不愿靠近里子，只是远远围观。也难怪她会这么累。

"是不是很快？"

里子一边往前走，一边说。我不知道她说的是什么，一脸疑惑。

"我是说从少年院出来。刚好一年。"

"啊……"

"从男人的车里搜出了手铐和胶带之类乱七八糟的东西，他企图干什么一清二楚。刀也是那家伙的，所以勉强给我酌量从轻？好像是这么说的。"

"酌、量、从、轻"，我一个字一个字地念了一遍。

"那正当防卫就……"

"捅了好多刀，说是过度防卫呢。真是没办法，谁叫我从那家伙肚子里把刀拔出来又捅了好几刀呢。"

我震惊不已。第一个拿着那把刀捅进男人肚子的是我。

"为什么？"

里子转过头笑了笑。

"你觉得呢？"

我怎么知道？我已经百思不解一年了。

里子笑了："是为了保护友梨……吧？"

"我是认真的。"

"哈哈哈,你看你果然不相信。其实是家里和学校都没法待了,看到你和那个——坂崎同学？——逃跑,我就想：如果捅他的人是我,是不是至少能暂时逃离眼前的一切？"

比我之前想的每一个理由都要合理。

我知道了真相,却并没有觉得自己的罪有所减轻。就算里子没有补刀,那个男人可能也会死。

不可思议的是,我们已经好多年没有这么说过话了,今天走在一起却丝毫不觉得别扭。聊的也不是什么开心的话题,不知不觉间,仿佛又回到了小学二年级。

"不过啊,还是有点难受。"里子用清脆的声音故作轻松地说,"当初没有一个人救我,友梨那天晚上却救了她。"

我无法呼吸。

是的,我没有向里子伸出援手,没有像我为真帆做的那样,用尽全力去与伤害里子的命运做斗争。

"对不起……"

我脱口而出,虽然我觉得这不是道歉就能解决的。

里子转过头来，猛地抓住我的手臂把我拉向她，我们的脸顿时贴得很近。

"那……你也帮帮我吧。"

"欸？！"

"我替你进了少年院，虽然说不会留下前科，但你也知道进少年院意味着什么吧？以后别人怎么看我，你不是不知道吧？"

我没有拜托里子帮我顶罪，却着魔了似的愣在原地无法动弹。

"要我……怎么帮？"

"把我家的死老头杀了！"

里子说不用着急现在动手。

"他要是现在死了，警察一看就知道是我干的。再忍半年，半年之后再想想怎么下手。"

心咚咚地跳个不停，我麻木地点了点头。

半年后，里子也许就改变主意了。而且，里子的外公已经七十多岁了，在这半年里生病或者出事故去世也不一定。

至少能有一个缓冲的时间，或许还能找到破解的办法。

里子凑到我耳边说：

"友梨，你应该清楚吧？你抛弃了我，要是当初你把真相说出来，我的罪也就不会这么重了，可是你没有。"

我倒吸了一口气。

没错，那是我的罪。

不仅如此，我还知道里子为什么想杀她外公。很多年以前我就知道发生了什么，甚至无法借口当时还小而假装什么都不知道。

里子说她"家里和学校都没法待了"，难道虐待还在持续吗？

我该现在就去解救她吗？

4

我以悬在半空的姿态开始了自己的高中生活。

我的脖子上缠了一圈又一圈的绳子,随便一拉,我的身体便会瞬间吊起,成为一具吊死尸。手握绳子的可能是里子,也可能是别的什么东西。

在那样的状态下,我既没有意愿结交新朋友,也没有心情歌颂高中生活。

虽然考上了理想的学校,但我没有感到一丝喜悦。

真帆也考上了神户的私立高中。她会在那里遇上配得上她的人,结交新朋友,然后忘了我。

每次想到这儿，我就揪心地痛，同时又感到一种解脱。

里子进了当地分数线最低的学校。

上初中二年级前，里子的成绩绝不算差，但是里子说，老师只允许她报那个学校。

一年没上学的影响实在太大了，而且是进了少年院，连调查书的加分项也指望不上。

是我改变了里子的人生轨迹。

我没有让里子帮忙顶罪——我也想这样为自己辩解。可里子说得没错，我没有主动向警察坦白。我不愿承担自己的罪责，而是选择了让里子独自承担一切。

那是无论如何也无法偿还的。

我待在自己的房间里，坐在桌前思考我与里子的未来。

就算真的顺利地杀死了里子的外公，我们能一直隐瞒下去吗？不能的话，我就即将成为一个杀人犯。

不过，我已经是一个杀人犯了，只是以后别人都会这么叫我。

爸爸和妈妈会哭吧？我还能上大学、正常工作吗？能结婚、生孩子吗？

不可思议的是，就算觉得"应该可以"，我也感觉不到丝毫开心。不管描绘的未来多么美好，都显得如此虚假。

上初中的时候，我绝对算不上受欢迎的学生，但身边还是有几个朋友。上了高中后，我彻底成了一个人。一个人上下学，一个人吃便当。学校要求必须参加社团活动，于是我在茶道部报了名，但一次活动也没有参加过。

学校就在团地附近，大多数同学都是原来的初中同学。但没有人和我说话，其他同学见状也都对我视而不见。他们可能觉得，同一所初中的同学都不待见的人，根本没有做朋友的价值。

我没有想主动去结交新朋友，也没有主动和其他同学交流。就算伸手索取，一切也会从手心滑落。既然这样，拼命捡拾的意义又在哪儿呢？

我的手已经脏了，今后也会继续脏下去。

那个时候，唯一和我有交流的同龄女孩便是里子。

但我们绝对不是关系变好了。我们在别人看不见的时候才会说话，身边有人的时候甚至连眼神的交流都没有。

"不能让别人怀疑我们是一伙的。这样的话，就算死老头死了也没人会怀疑到你的头上，因为你没有动机。"

里子这样说。

这样的话，刚从少年院出来时为什么要来找我？我不解，不过很快便意识到：那个时候，里子把我拉拢到了自己那边。

她带着满脸的笑容与亲昵，轻轻松松就切断了我与真帆还有其他同学的关系。

我那时候才终于知道：原来亲昵会化为诅咒。

就算这样，我们还是不时地单独见面。

里子提前知道家里没人的时候就会往我家的邮箱里塞一本笔记本。

有时候是数学笔记，有时候是英语笔记，不过里子肯定会在最后一页用一行数字写上家里没人的日期和时间。如果能去的话，我就在旁边画个圈，然后把笔记本还给她，不能去就画个叉。

爸爸和妈妈并没有注意到我在高中被孤立一事。也许注意到了，但是从来没有提起。

和曾经关系那么亲近的真帆变得形同陌路，他们好像也没有很担心。

"最近怎么不和真帆一起玩了？"

母亲这么问我的时候，我就故作平静地说：

"上的学校不一样了，没什么聊的。"

"对，妈妈其实不是很喜欢那个孩子。一副了不起的样子，一看就是东京来的。"

妈妈这么说的时候，我强行压抑住想哭的冲动挤出一丝微笑。

我一直不喜欢妈妈说些刻薄的话，非常受不了。但我现在终于知道，失去什么的时候，就连那些刻薄的话都能让人感到安慰。

妈妈没有特别在意里子塞进邮箱里的笔记本。她最早发现的时候，我只要说是课上有些地方没听懂，所以借了别人的笔记本，她就不会继续追究。

就算她心血来潮想翻一翻，笔记本里也基本都是英语字母和数学公式，没什么可怀疑的。她根本不会注意到某个小角落里伪装成笔记的一行数字。

收到通知后，我会在当天的那个时间去里子家，一路上小心翼翼地注意不被其他人见到。

我去的时候，里子的家人都不在。

她说她爸妈平时工作，弟弟要参加学校的社团活动，每天都很晚回来，所以应该是找准外公不在的时间叫我过去的。

我已经很久没有去过里子家了。我们开始疏远是在小学二年级左右，差不多有十年没有来过了。

她的房间多了一张架子床。下铺散落着《周刊少年JUMP》，应该是弟弟祐介的床。

房间里只有一张桌子，上面贴着身穿泳衣的女子海报之类的。

里子迅速搬出一张可折叠的矮脚桌，在桌子前坐下。

"是不是很没意思，竟然和上初中的弟弟住一个房间。"

我经常在团地见到祐介。虽然祐介看起来稚气未脱，还是一副小学生的样子，但这一年多时间里，个子长了不少。大概已经快一米七了吧。

里子嘿嘿笑了笑。

"不过，比和死老头睡一张床的时候好多了。虽然死老头现在也还在这个房间打地铺。每次我都想要不要假装从床上摔下来，一脚踩碎他的头。"

听到里子这些恶毒的话，我后背不禁蹿过一丝凉意。

"之前我睡在下铺，死老头晚上时不时就假装睡迷糊了爬到床上来……踢了他好几次也不长记性，后来我就让祐介和我换了。换完之后，他就再也不迷糊了……神经病。"

里子记事前就反复遭受到的究竟是怎样的伤害，我一点也不想知道，也不愿意去想象，而里子从记事前就一直深受其苦。

"要怎么做呢？"

我直接切入正题。我们没有时间闲聊。

里子单手托腮看着我。

"最好可以伪装成意外，从楼梯上滚下去摔死、被车撞死之类的。这样的话，他们就不大可能会怀疑到你身上了。"里子家虽然在四楼，但是楼梯上有休息平台，就算从楼梯口推下去也很难摔死，里子继续说，"从窗口摔下去……怎么样？家里没有其他人，只要我有不在场证明，大家都会以为是场意外。"

"我先进到房间里，然后把你外公推下去吗？"

"叫他死老头就行了，没什么好客气的。"

"死老头。"

我尝试着叫了叫，罪恶感似乎减轻了一些。

"我给你配一把钥匙。你进来之后把他引诱到窗边，然后一把推下去。"

"我害怕……"

"你出来的时候锁上门,这样的话你没有钥匙,没有人会怀疑你。"

"可你不在的时候,我去会很可疑吧。"

"不会的,我只要提前和死老头打好招呼,说你今天会过来玩,但我可能会晚点回来就好了。进去之后,你就想办法引导他把身体探出窗外,然后一把推下去。"

光是想想,我的手就抖个不停。里子一动不动地盯着我。

"你一定可以的,你不是已经捅过原田了吗?"

听到原田这个名字时,我没有立刻反应过来,但我捅过的男人只有一个。

"我在窗边看到的时候吓了一大跳,连我都不一定敢这么做。我在脑子里捅了他几百刀,可一次也不敢这么做,你一定可以的。"

我茫然地看着里子。

这样的对话不是第一次。每当运动神经不发达的我站在单杠和云梯前踌躇不前准备哭鼻子的时候,里子都会这么鼓励我:

"友梨,你一定可以的。"

那个时候,只要有里子在身边,我就觉得自己会坚强一点。

上了高中后,真帆完全换了一副样子。

之前的马尾辫剪成了一头短发。真帆的脸小、脖子细长,只是简单换了个发型就变得更加精致、漂亮。

现在想来，她应该是去了市中心的美发店吧。真帆看起来完全变了，在路上遇到时，我简直难以置信。

她穿的校服也有别于我身上平淡无奇的夹克，是漂亮的水手服。偶尔见到她穿私服，样式也与之前的衣服大不相同，非常青春靓丽。

宽领蕾丝罩衫、水手领的短款衬衫、露出脚踝的宽腿裤，无一不是梅田和心斋桥等繁华地段的少女装束，团地附近几乎没有女孩子这么穿。

很难想象这个女孩不久前还是我的好朋友。

假日里，她总是涂着艳丽的口红，腋下夹着洋气的黑胶唱片。

也许是因为学校离家太远，她总是一个人走在路上。

和上初中那会儿一个人吃便当的时候一样，她总是笔直地挺起腰背。

我觉得那样的真帆非常漂亮。

原因不是很清楚，但现在也是这样，越是不喜欢我的人，我越是觉得高贵、漂亮。越是拒我于千里之外的人，我越是觉得他是对的。

所以，我很喜欢那时的真帆，或许比我们在一起的时候更加喜欢。

那是梅雨季节刚刚结束，夏日气息骤然浓烈的一天。

那天结业典礼结束后，我没有立马回家，而是走进了离家不远的图书馆。

上了高中后，我只顾埋头看书。没有朋友，课后也没事可干，看书的时候就算不和任何人说话也不会难过。

我的脖子上一直绑着一根又粗又硬的麻绳，但是在书里，我可以去到任何地方。

一旦在书中发现一个比我还孤独的人，我就像找到了一个新朋友。比起那些有情人终成眷属的故事，我更热衷于书中失恋的情节。我比任何人都更希望遇见孤独又悲伤的人。

上小学时，朋友之间常常会传阅漫画。当时，身边的朋友都喜欢令人毛骨悚然或者催人泪下的故事。费尽千辛万苦终于在一起的恋人却患上了绝症之类的情节，大同小异的故事有很多本，却依然大受欢迎，在大家的手中不停地传阅。

我不是很理解为什么大家会被这些故事所吸引。

每次看到类似恋人死了的故事，我总是会想：真正令人难过的，难道不是那些从未得到过爱情、在孤独中死去的人，以及一生只爱一个人却偏偏遭到对方憎恨的人吗？

现在，我依然不是很明白大家为什么会为恋人死了的故事流眼泪。

被爱的人所爱，哪怕只能共度一刻就已经很幸福了。在相爱时失去对方,至少不会有背叛或失望。

我希望能遇见更加孤独的人。

是因为他人的悲惨能让你感受到自己已经算是幸运的人吗?我曾这样问自己,但是好像并不是这样。

我并不是想感受幸福,我只是想贴近他人的灵魂。允许我接触灵魂的人,只存在于书中。

那天,我在图书馆挑书。我正抬头望着书架高层,突然有人猛地拍了一下我的后背。

我震惊地回头,眼前出现了一张笑脸。

穿着陌生校服站在我眼前的是前岛阿丽莎。

"阿丽莎!"

"友梨!"

我们不禁同时大声喊出对方的名字,随后马上意识到此刻正身处图书馆。阿丽莎尴尬地吐了吐舌头。

我们从阅览室出来就走向大堂,在大堂的沙发上坐下。

"好久不见啊!"

正好两年没见了,那天也是暑假前的一天。阿丽莎好像也注意到了这一点,失落地笑了笑。

"你的新年贺卡和信我都没有回,对不起啊。不过你看起来很好,真是太好了!"

"不不不,没关系的。"

我知道阿丽莎写字有多困难。

阿丽莎看起来也很好,笑得很开心,我的心里流过一股暖流。

"友梨是在佐仓丘高中吗?看你的校服像是。"

"啊?嗯!"

阿丽莎穿着我没见过的校服。

"真帆呢?真帆也和你一起吗?"

突然被这么问到,我不知道该怎么回答。

"真帆去了神户的私立高中,我们很少见面。"

"欸?是吗?你们不是在一个团地吗?"

"嗯,不过我偶尔能见到她,她看起来也很好。"

我没有撒谎。每次在团地见到真帆,她总是抬头挺胸,快步走在路上。

"你还好吗?"

"嗯!我很好哟。"

阿丽莎听起来不像是在逞强。她之前有点口吃,现在已经几乎没有了。

"我现在在养护学校[①]的高等部上学。虽然有点远,但每天都很开心。"

"这样啊。"

[①] 在日本,提供特殊教育的学校被称为"养护学校",2007年之后改称为"特别支援学校"。

"嗯，学校里有很多同学的情况比我还严重。我能为他们做很多事情，大家也很依赖我，我非常开心。但爸爸和妈妈还是希望我能上普通高中，哈哈。"

阿丽莎像以前那样，紧紧地握着我的手，把头靠在我身上。那令人怀念的重量隐隐地刺痛着我。

得知阿丽莎过得很好，我很开心，但想到自己已不被她需要，不禁又觉得难过。

"友梨呢？交到新朋友了吗？"

"嗯，我们学校有很多以前的初中同学……"

我第一次对阿丽莎撒了谎。

"这样啊……不过，我是不想再见到南九中的同学了，不过友梨和真帆当然不一样。"

以前的初中同学总是觉得阿丽莎比自己低人一等。或许阿丽莎已经逃离了那样的环境，重新找回了自己的尊严。

我心一横，开口道：

"里子从少年院出来了。"

"里子？"

阿丽莎一脸的不明所以。

"就是，之前是细尾的女朋友的那个。"

"哦……她不是只是在旁边看吗？"

我感到错愕。我一直以为阿丽莎会记恨里子，但她似乎快要忘记里子这个人了。

"她因为别的事情进了少年院。"

"是吗？我后来几乎没有见过南九中的同学，所以……"

阿丽莎突然满脸失落。

"有时候我会想，要是理菜子也一起来现在的学校该多好，她一定也可以交到更多的朋友。"

"是啊……"

阿丽莎并没有忘记理菜子的死。她哀悼理菜子的死亡，叹息她的命运，却依旧灿烂地笑着说："现在很开心。"阿丽莎看了一眼手表，"啊，我差不多要回去了，要送妹妹去学游泳。再见，友梨！下次叫上真帆一起聚一聚吧。"

"嗯，再见。"

阿丽莎起身背上书包朝出口走去。走到出口前，她又回过头来向我挥了挥手。

我坐在沙发上向她挥手。

我们说了"再见"，可那天过后，我再也没有见过阿丽莎。

并不是说她遭遇了什么不幸，而是我有我的一团乱麻，我精疲力竭地勉强应付着日复一日的狂风暴雨。阿丽莎有阿丽莎的生活，她已经走上了一条新的路，没有必要再回首过去，但我还是会不时地想起那天阿丽莎的样子。

不管遇到多么荒唐的事情，不管对世界有多少恨意，只要想起阿丽莎那天的笑容，我都会觉得得到了些许救赎。

我不知道阿丽莎后来是否过上了幸福的生活。被人过于惦记，对她而言想必也是一种负担，就算以后有机会再见，我也会对此绝口不提。

但希望她能接受我默默的思念，因为每当我想起朋友的笑脸，就总会愿意去相信：世界并没有想象的那么糟。

我们决定在暑假动手。

平时只能在放学后才有机会。暑假的话，从早上到夜晚来临前都可以自由行动。

祐介要参加棒球部的训练，所以暑假也要每天都去学校，里子的爸妈则和平时一样不在家。团地白天有中小学生到处逛来逛去，这一点需要特别注意。不过就算这样，也还是要比上学时行动起来方便得多。

里子最近在治牙。按照计划，我动手的时候，里子预约了牙科医正在外面接受治疗。里子最容易被怀疑，要给她制造完美的不在场证明。

比起和里子约定见面的日子，定下动手的日子要简单得多。和里子见面必须选一个死老头出门的日子，但是死老头总是一个人待在家里。

"我们八月六号动手吧。这个时候暑假还有很长，就算没成功也可以再想办法。"

我点点头。

经过一遍遍的细节确认，一开始听起来根本不可能的计划好像也变得简单了。也许是有一点麻木了。

我已经不再对未来过于纠结，也放弃了追求所谓平平淡淡的幸福。

先是上初中，然后上高中。在身边的人看来，我就是一个普通的高中生。表面看似拥有平平淡淡的幸福，也许内里早已是一片暴风骤雨。

如果是这样的话，就算不能拥有好像也没什么可惋惜的。

七月末，距离动手还有一周时间，我再一次来到里子的房间。

我们喝了可尔必思，又确认了一遍计划，随后躺在榻榻米上望着天花板。

窗外传来聒噪的蝉鸣。

"友梨。"

"嗯？"

我把脸转向里子。她已有了大人模样的细长的眼睛，此刻并没有看着我。

"如果成功的话，我们是不是以后不要再见面比较好？"

"嗯，是啊。"

我知道，里子是对的。事成之后，我们不该再见，可我依然感到怅然若失。

里子对着窗户张开手掌：

"杀人的诉讼时效是十五年。十五年后，我们还是可以再见的。"

那个时候，我们是三十、三十一岁的样子，我甚至不确定自己能否活到那个年纪。不对活下去抱有希望让我感到轻松。

一旦做好二十岁前死掉的打算，人生顿时就变得既纯粹又简单。问题是除非选择自杀，不然不会这么轻松就断了气，苟延残喘的可能性更高。

我用沙哑的声音小声说：

"万一没有成功……"

万一我把老头从窗口推下去之后，他没有摔死，然后向警方指控我，或者说成功地杀死老头，但是警方在调查中发现了事情的真相……

"十六岁，进少年院，像我那样。"

里子帮我顶罪进了少年院，这么看的话，即使失败好像也没太大差别。

"我会告诉他们是我拜托你干的，你也可以这么说。"

"他们会相信吗？"

"除了这个，你没有别的动机了吧？他又没有几个钱。"

因为一点点钱就杀人的，不是大有人在吗？

里子长长地叹了一口气。

"友梨，昨天电视上关于游牧民族的节目你看了吗？"

"哪儿的？"

"不知道，好像是俄罗斯的哪里。"

之前就知道俄罗斯幅员辽阔，也许有游牧民族在那里生活吧。我喜欢看地图，地图让我觉得这个世界有很多很多地方，或许某个地方会有我的栖身之处。

"等一切结束了，我们就一起去那里吧。当一个游牧的牧民，我们四处寻找羊草，走向天涯海角。"

里子说的并不现实，我知道，可我们就这一个愿望，实现也不过分吧？等一切结束后……我被逮捕送入少年院出来之后，还是计划成功的十五年之后？

我和里子离开日本，到一块陌生的土地，过上牧羊的生活。

我感到不可思议。我原以为我再也不会和里子和好了，可一回头我才发现，我们的世界里早已只剩下彼此，我甚至觉得这些年，我们从未分开过。

我现在还不时地想起那个计划。

当然，别说成功与否，它甚至没有被执行。当牧民的想法只出现在那一个瞬间，现在就算给我机票、给我签证，我也不一定会去。

可我仍然觉得,某个世界里一定存在着这样的我们——她们躺在酣睡的羊群旁,眺望着满天繁星。

大概是两天之后吧。

那天下午突然下起了倾盆大雨,我出门没有带伞,只好跑进团地书店躲雨。

三年前在这家书店的相遇,成了我认识真帆的契机。每次想起这个,我就心情沉重,所以上了高中后,我几乎没有来过这儿。

高中上下学的路上有其他的书店,我每次都去那些书店买书。

进入暑假,我终于久违地走进了这家书店。

雨下得更大了。与其在这里干等,不如索性冒着被淋湿的风险跑回去好了。

我正茫然地看着门口盘算时,书店的推拉门被打开了。

真帆走了进来。店主阿姨在书店背后清点库存之类的,店里只有我和真帆两个人。

我赶紧转过头。之前在团地遇到时,我也是这样转过头去,连招呼也不打。

那天,真帆却径直朝我走了过来。

"我有话和你说。"

"欸?"

我已经很久没有听到她的声音了。

"我家没有人,妈妈要很晚才回来。去我家吧,外面不方便。"

真帆用大人的语气说道。

"你外婆呢?"

"去了养老院,现在没有和我们住在一起。"

我才知道。那是位沉稳、端庄的老人,说起话来总是慢悠悠的。

"痴呆越来越严重,我和妈妈两个人实在照顾不过来。"

我在真帆的催促下走出书店。真帆带了伞,我们躲在一把伞下,走进雨里。

真帆今天也涂着鲜艳的口红。她的头发剪得像男生那样短,却莫名地妩媚。

暴雨之下,就算是一个人撑一把伞,肩膀和下半身也会淋湿。两个人用一把伞,身上就只有脸和里侧的肩膀能不被淋湿。

走到真帆家时,我们已经湿透了。

鞋子里进了雨水,袜子也已经湿透。我在玄关一并脱下鞋子和袜子。

先进来的真帆扔给我一条浴巾。

我擦了擦头发和身体,又擦了擦湿漉漉的脚,把湿透的袜子收进书包里。

"进来吧。"

以前总是收拾得干干净净的厨房,此时堆起了厚厚一沓旧报纸，没有清洗的餐具在水池里高高堆起。

是她妈妈过于忙碌，没时间像以前那样把家里收拾干净，还是说之前一直是外婆负责打扫？

"我可能要回东京了。"

真帆一边用浴巾擦拭头发，一边说。

"欸？可你好不容易才考上了神户的高中。"

还不到半年。

"说是私立高中的学费太贵了，妈妈要求爸爸增加抚养费。然后，爸爸说希望可以把我接过去……我可能通过转学考试在第二个学期转过去。"

只剩下一个月了。

"你妈妈同意了吗？"

"不知道，她自己也说要赚外婆的护理费又要赚我的学费非常困难，我不在了，她应该开心才对。"

"……"

"她还说什么大学选一所神户的就可以了，大学毕业后再回大阪就好了，真是想一出是一出。要是当时上公立高中的话，不就不用担心学费的问题了嘛。"

真帆冷淡地说。

我理解对于真帆的妈妈而言，把外婆送进养老院是意料之外的事情，孩子总是被大人的决定任意摆布。

101

"你想回东京吗？"

"我还行，我喜欢东京，我就是在东京出生的。我也不讨厌爸爸，他现在的老婆很年轻、漂亮，还很温柔。"可真帆的声音听起来并不开心，甚至带着怨气，"反正大阪也没什么好留恋的，我想回东京重新振作起来。"

真帆似乎在努力说服自己。

心脏像是被一把捏碎。真帆所割弃的那段"没什么好留恋"的时间，是我们一起度过的时光。一句"没什么好留恋"就轻易打发掉了……悲伤如潮水般席卷了我。

我的那件事情，应该不能说和真帆一点关系也没有。

我不想说什么是"我保护了她""我这么做都是为了她"之类的话。就像我对真帆说的那样，我当时的行为，其背后的动因和当初没能保护好里子所带来的后悔有很大关系，但这并不是说真帆不重要呀。

"好，我们进入正题吧。"

我惊讶不已。我以为有话要说指的是回东京这件事。

真帆一动不动地盯着我的眼睛：

"友梨，你真的要去杀死日野同学的外公吗？"

或许是我张开嘴愣住的样子很好笑吧，真帆忍俊不禁地笑了。我终于看到她久违的笑容。

"没想到你会这么吃惊。"

"你……你从哪里听来的?"

"日野同学,昨天遇见她了。"

里子为什么要告诉真帆?这是绝对不能和任何人说的。

"她希望我能给她做证。如果你突然害怕,选择临阵脱逃的话,她想让我证明第一个捅伤原田的不是她,而是你。"

想到自己没被信任,我突然对里子感到愤怒。可我很快便意识到,里子并没有要求真帆做伪证。她不过是希望真帆说出事实而已。

我深吸了一口气。

"没事的,应该不会麻烦到你。"

真帆一脸怒气地看着我。

"你不会真的要这么做吧?"

"嗯。"

"你是被她威胁了吗?我不会说的!就算你临阵脱逃,我也绝对不会把你供出来的!只要我不说,大家肯定会相信你的。日野可是细尾的女朋友啊!"

应该会这样吧。我是个不起眼的老实人,这种时候很容易获得无条件的信任,可我已经决定要离开这样的世界了。做一个乖孩子和做正确的事情完全是两回事。

"可那终究不是真的。我捅了原田,里子做了我的替罪羊,这才是真相。"

"所以，你就要接受她的威胁，对她唯命是从吗？"

我陷入了沉思。并不是接受她的威胁，对她唯命是从，里子手里的牌是等价的。

里子手握我是杀人凶手的牌命令我去杀人，算是威胁吗？不愿意的话，我完全可以主动说出真相。

"我不会给你添麻烦的。"

"我要告诉别人！我要告诉妈妈，让她阻止你们！我要告诉她，有人威胁友梨让她去杀人……"

这可不行，我稍有犹豫。为了里子的名誉，这件事情不能让别人知道。可把真帆卷进来的正是里子。

"真帆，你知道里子为什么想杀了她外公吗？"

"我不知道，也不想知道！"

"是一样的。里子身上发生的事情和那个叫原田的男人想对你做的事情是一样的，而且不止一次。在她小的时候，什么也不知道的时候……"

我注意到真帆满脸的难以置信。

"里子的家人应该也不是没有注意到，他们明明注意到了，却装作毫不知情的样子。我也是从小就知道了，从我还不知道那意味着什么的时候……"

而且，我的家人也带着疑虑选择了无视。

我实在没办法觉得自己是清白的。

"这……太残忍了……"

"觉得残忍的话,你就不要说出去。只要你不说出去,这件事就和你没有任何关系。"

而且,九月你不就回东京了吗?以后也许永远都不会再见了。

真帆沉默了一会儿,终于开口说道:

"是六号下午四点吗?"

我睁大了眼睛。不仅是计划,她怎么连时间都知道了?

"那也是里子告诉你的?"

"对。那天,我会一个人在家。我们商量好了,如果警方怀疑你,我就说案发时我和你在一起,所以你也可以说当时和我在一起。"

看来里子还把我的不在场证明托付给了真帆。

我稍微松了一口气。这样的话,不管顺利还是不顺利,都会把真帆卷进来。

"我尽量不让自己被怀疑,这样就不会给你添麻烦了……"

"你别这么说。"真帆明确地说,"如果不是因为我,你就不会拿起那把刀,日野同学也不会被抓。"

可那不是真帆的错。

要追溯到什么时候,我们才算得上是毫无过错的呢?我们是不是不应该活在这个世界上?

可我们已经来了啊。

行动的前一天，我整晚没睡。

计划行动的当天，我在家里假装写作业，眼睛却焦躁不安地盯着时钟。

那天格外炎热，什么事也不做依旧汗流浃背。我换了好几身衣服，一次次打开洗衣机。

三点四十分，我走出家门。

里子看牙的时间是四点开始。从团地过去大概要二十分钟，早十分钟左右，里子应该也不会被怀疑。不过，还是有确凿的不在场证明比较好。

用五分钟时间走到里子家，十五分钟时间和老头说话，让他放松警惕。随后，引诱他走到窗边探出头去："你看那是不是里子？"

然后，一把抓住他的腿往上抬，把他从窗口推下去。随后，迅速离开房间锁上门，避人耳目前往真帆家。

为了回来时不被人发现，我准备了一顶长长的假发和一副墨镜，身上穿着性感的黑色连衣裙。我平时总是牛仔裤配T恤衫，所以应该很少有人能发现是我。

我拿着装有假发和墨镜的手提包走向里子家。

那是在我走到公园前的时候，对，就是那场噩梦发生的那个公园，我听到一个重物摔在地上的沉闷的声音。

在公园玩耍的孩子们停止了活动。公园里躺着一个人。

我愣在原地无法动弹。不会吧？

抬头看了看里子的房间，窗户开着。

不会吧？难道说……

孩子们战战兢兢地靠近躺在地上的人。

"有人掉下来了！"一个孩子大喊。

路过的女性闻声立即上前查看，随即发出悲鸣：

"快！快叫救护车！"

其他楼里的人也纷纷出来了。

"怎么了？！"

"日野先生家的老人从窗户上摔下来了……"

怎么回事？不可能……

那是我即将要做的。

里子应该在牙医那儿。知道这个计划的除了我们，就只有一个人。

我头也不回地跑了起来。

真帆此刻应该一个人在家为我制造不在场证明才对。

我赶到真帆家，疯狂地按门铃。没有人开门，也没有回音。

一阵上楼的脚步声传来，我迅速回头。

眼前站着真帆，气喘吁吁。

"……为什么？！"

真帆一言不发地开锁,打开门一把将我推进屋里。她喘息着蹲在地上:

"没事……应该没有人看到我……"

"为什么?!你这是为什么!"

真帆笑着站起来,一只手撑在我旁边的墙壁上。

"不是都一样吗?"

"什么?"

"你把他杀了,我撒谎给你制造不在场证明,和我把他杀了,你撒谎为我制造不在场证明,只要事情成功了,不是都一样吗?到底是谁干的,只有我们两个人知道,其他人绝对不可能知道。"

怎么会一样?完全不一样!

真帆发出干巴巴的笑声:

"我绝对可以干得比你好。"

5

谈到初中时代的时候,她的喉咙开始发干。

她所提到的情况和景象,我也有印象。仔细想想,我以前住的地方周围也有很多团地,班上半数以上的同学都是团地里的孩子。我当时住在公寓楼,不住团地。

我本来就没什么朋友,在学校要么是被欺负,要么是被孤立的状态。我对学校几乎没有任何留恋,只记得自己总算奄奄一息地活了过来。

她口中的初中时代和我记忆中的无比相似。

混乱,充斥着校园暴力。

令我后背一凉的，是前岛阿丽莎这个名字。前岛阿丽莎，我知道这个女孩。

我没有和她同过班，但她和我的朋友关系很好，时不时会来我们教室串门。

她说话时总是手舞足蹈的。对熟悉的人非常亲近，喜欢身体接触，这也和我记忆中的阿丽莎一样。

上初中二年级时的那件事情我也记得。我虽然从来没有和皆上理菜子说过话，但我经常看见她和阿丽莎走在一起。

我听着对面的人的诉说，不停地在记忆里搜寻。

我对眼前这个叫户塚友梨的女人没有任何印象。初中一个年级有七八个班级，我不可能记住同年级的所有女生。而且，我本来就不擅长记别人的脸和名字。

但日野里子勉强还算记得，那个总和不良团伙的男同学们在一起的少女。我应该是一年级的时候和她同班。

坂崎真帆也没印象，见到本人或许能想起来。

而且，我还有一个疑问。

此刻出现在我面前的户塚友梨知道我们有过一样的初中时代吗？听她说话的样子像是不知道。

或许我主动挑明会好一些，可故事却不断向前发展。

友梨为了救真帆而杀人，里子顶替她的罪名进了少年院，本以为友梨要杀死里子的外公，没想到却被真帆抢先一步。

虽然有点难以置信，可我知道事件中的几个人、事情发生的背景以及初中的氛围，我都记得一清二楚。这并不是杜撰。

我不记得日野里子是不是进了少年院。对我而言，里子只是同一个学校的同学而已，与我没有任何交集。即使在同一个班级的时候，我们好像也从来没有说过话。

我后来上了大阪市内的私立高中，又搬了家，和当时的朋友几乎再也没有见过面。

很难确认她所说的是真是假。

户塚友梨不再说话，一口喝干杯子里的水。

"好累啊。"

当然，她已经连续说了一个半小时了。

"今天就先到这里，可以请您明天继续……"话说到一半，她突然向前探出身体，"您愿意继续听吗？"

话已经说到这里了，怎么可能就此中断？我不知道事情会往什么方向发展，可上初中二年级时处于暴风雨之中的不仅仅是她们，我也一样。

"是的，我想听。"

她好像很高兴，张开嘴像是想说些什么，但很快又闭上了。

"怎么了？"

"能成为小说的素材吗？"

"也许可以。不过，我是个通俗小说作家，只写一些虚构的内容，而且写出来的东西可能会引起当事人的不悦。"

这也是我不怎么喜欢采访的原因。

"没关系。那个……顺利的话，可以给我一点酬劳吗？"

终于知道她的目的了，我反倒松了一口气。

"现在出版行业不景气，出一本书的版税或许比你想的要少很多，高额的酬劳可能给不起。"

这笔钱可能我自己付比较好，我在心里盘算。

"但是，如果卖得好翻拍成电影了，是不是会有好几千万（日元）的版税？"

"好几千万（日元）是不可能的。三四十年前的话还好，现在就算是当红作家也拿不到这么多了。电影的原著版税少得吓人，而且很少有翻拍的机会。我写了二十多年小说，一次也没被翻拍过。"

她顿时失去了精神。

"可我需要钱。"

"钱的话，就算找我，我也没办法满足你。你找一个图书销量更好的作家怎么样？今天的事情，我就当没有听过，也不会写出来。"

没想到户塚友梨摇了摇头，说：

"不，我希望由你来写。"

真帆八月底搬到东京去了。

在那之后，我依然能偶尔见到她妈妈，所以她应该是离开妈妈，去了爸爸那儿。

我没有她的地址。真帆没有告诉我，我也没有问。

她为什么要那么做，我似乎明白了，但是并不理解，就像我不理解里子为什么会顶替我进少年院那样。

她是一时冲动，还是早有计划？

里子的外公头部受到撞击，两个月后去世了。

在里子的外公昏迷的时候，我一直如坐针毡。要是他醒过来揭发真帆怎么办？要是真帆被逮捕了，我该怎么办？像里子被逮捕时那样一直沉默下去吗？我能为真帆做点什么呢？

可我一点也不信任自己。

里子被逮捕时，我明明知道动手捅人的是自己，却选择了缄口不语，装作什么也不知道。

这次，动手的是真帆。虽然实际上应该是由我来动手的，可现实上没有动手的我并不会被问罪。

我应该会对真帆弃之不顾吧，就像我对里子做的那样。想到这里，胃就像针扎般疼痛。

校服换为冬装后又过了几天，我在团地遇见了里子。我们仅仅交换了一下眼神，连挥手也没有。不过，在我们擦肩而过时，里子说：

"老头死了,葬礼上周办完了。"

我感觉我全身顿时没有了力气。好一会儿,我站在原地一动也不能动。

真帆彻底逃脱了。她不会作为杀人犯被逮捕,我也可以不用成为一个卑鄙的人。

我想把这个消息告诉真帆,可已经没有办法联系上她了。我不敢去问她妈妈真帆的联系方式,她妈妈不喜欢我。

真帆说过:

"我绝对可以干得比你好。"

所以,她就算离开了这里,应该也可以按部就班地生活,不会像我一样被不安击溃。

像之前商量好的那样,自那以后,我和里子就算在团地附近遇见,也不会看对方一眼。

即将升入高二的那个春天,里子一家搬走了。

就算外公不在了,一家四口住在团地两居室的套房也算不上宽敞,而且就算是姐弟,也不能一直住在一个房间。

我没敢告诉里子计划是谁执行的。我不知道该怎么跟她说,而且我也开始觉得或许真的像真帆说的那样,没有太大区别。

我在高中几乎没有交到什么朋友。

和初中时代不同,高中没有残酷的校园暴力、没有虐待,一切安稳、祥和。我每天都去学校听课。

只是,在学校的每一天,我都觉得这里没有我的容身之处,甚至开始认为这理所当然。

我记得几件事情。

古文课上,我不知道老师在读哪里。仔细一想,上一节古文课我感冒请假了。应该是上节课我没来的时候,老师讲了不少内容。

于是,我问旁边的女生:

"抱歉,老师读的是哪里?"

她顿时睁大了眼睛。这个女生经常和班上的一大群同学走在一起,应该是不敢相信我会和她说话吧。

她并没有开口,只是给我指了指课本的页码。

"谢谢。"

我打开课本,果然已经讲了不少内容。

下课后,这个女生迅速起身小跑到她的朋友那儿。她们看着我窃窃私语了一阵,随后哈哈大笑。

像是在说一个没资格和自己说话的人竟然上来搭话了。

我不生气,只是难过。

这就是我生活的世界。她们认为自己是正确的,并对此深信不疑。

只是,比起那些善待过我的人,我更加记得她们的冷眼与嘲笑,时不时便会想起。明明这辈子都不会再见,甚至连名字也已经忘记了。

再次见到里子,是上大学以后。

经过如此令人窒息的高中时期之后,没想到刚上大学,我就交到了朋友。

在开学典礼结束后的说明会上,一个女孩子过来和我打招呼。女孩名叫高住千晶,性格友善,人缘也好,很快就和系里的其他同学成为好朋友。

课前课后,她见到我总是会热情地打招呼:"户塚同学,坐这儿吧!"

我犹豫着坐到她旁边后,其他同学也开始主动和我说话。没有人说不怀好意的话,圈子也是流动的,没有固定的成员,赶上有哪些人在场就哪些人聚在一起。晚上即使不参加大家的聚会,事后也不会遭到其他人的冷嘲热讽,不管是男生还是女生都一样。她还主动和留学生打招呼,所以中国和韩国的留学生也经常和我们聚在一起。

我第一次觉得自己到了一个可以自由呼吸的地方。

千晶有很多朋友。虽然她私下里从来没有和我在一起过,但多亏了她在学校的热情,我才交到了几个关系亲密的朋友。

我还开始做起了兼职。我在一家餐厅当服务员,本以为自己动作迟钝,结果却发现自己异常能干,而且深受大家信赖。初中和高中仿佛成了很久远的事情。

接到千晶的邀约,是在大一的暑假前夕:

"户塚同学,暑假去不去迪士尼?"

"东京那个?"

"对,叶月、筱崎还有丹都一起去。现在,我们一共有四个人,再加一张床的话,酒店的一个房间可以睡三个人,再来一两个人就可以便宜一些……"

虽然只是凑人数,她们愿意约我,我还是很开心的。我从来没有和朋友出去旅行过,也没有去过东京。

"好想去啊。"

"一起去吧!"

我从五月开始做兼职,已经攒了一点钱,于是决定和她们一起去。

因为预算比较少,所以我们决定坐夜行巴士往返,在迪士尼里的官方酒店住一晚,另外一个晚上则住在新宿附近的廉价商务酒店。

丹是中国留学生,能说一口流利的日语,但我们聊天的时候,有一些单词和说法她经常听不懂。

主要是一些省略语、俗语以及来自以前的动漫啊、电视节目里的笑话。

千晶非常积极地把人家约过来,在这方面却神经大条,总是说一些丹绝对不可能听懂的笑话，然后自顾自地哈哈笑个不停。这个时候，我就会负责向丹解释千晶刚刚讲的笑话。

旅行计划最开始就是因为丹说她想在留学的时候去一趟迪士尼乐园。她是交换留学生，只能在日本待一年。

一行五人乘着夜行大巴，第一次踏上了前往东京的旅途。

夜行大巴有一股难闻的味道，座位也窄，很难算得上舒适，但在行车途中打开窗帘，我看见高速公路上的路灯在一盏盏地飞速向我们告别。

大巴在夜色里穿行。过去那些难过的事情也好，沉重的记忆也罢，似乎都随着大巴的加速飞驰消失在了夜色中。

后来回忆起这段时光，我想，当时的我应该是快乐的。

像是被硬塞进一个逼仄的小箱子里的少年时光即将结束，我觉得成为大人后的自己可以去任何想去的地方。

就像现在这样，坐着大巴，在无尽的夜色中穿行。

下了大巴后，我们直奔迪士尼，拿着门票把所有项目玩了个遍。当时是暑假，有些项目要排两个小时，但在大家的嘻嘻哈哈中，时间很快就过去了。

晚上，我们订了两个房间，但是大家聚在一个房间里，一直聊到凌晨两点。累了的人就到另一个房间睡觉，留到最后的三个人则躺在床上继续交谈，直到困得意识蒙眬。

第二天早晨，精神十足的千晶把我们叫起来，大家一起到餐厅吃早饭。

早餐是自助的形式,我把喜欢的食物盛进盘子里在餐桌前坐下时,隐约感觉到有双眼睛在盯着我看。

我抬起头,顿时感到无法呼吸。

斜前方坐着的,毫无疑问是里子。

里子本来就长得成熟,化了一个整妆的她看起来比我大了五岁。

她跷着二郎腿,手上夹着还没吸完的烟。

视线交会后,她迅速把头扭了过去,对着坐在她面前的男人露出极其妩媚的笑容。

她再也没有看我,似乎在说:别过来找我!

我感觉自己突然成了一个小孩子。里子和男人住在这个酒店,他们毫无疑问是在约会。

在她眼中,闹哄哄的我们简直就是五个小屁孩吧?

快乐的时光迅速褪色。我一口喝干杯子里的橙汁,企图把里子从意识中驱逐出去。

就在这时,坐在里子前面的男人站了起来,应该是去加菜。

看到他的脸后,我心里猛地一震。

是细尾。

儿戏般杀死一个无辜的人,也只需要几年时间就能重获自由。

那是自然，少年院的关押时间比监狱短很多。

但我还是无法接受。他随随便便就杀死了理菜子，完全不把理菜子当人，狠狠地踢她、殴打她。

可现在，里子却和他在一起，看样子像是在交往。住在迪士尼酒店的男女二人组应该都是情侣。

我的身体在发抖，完全没有了食欲。

叶月若菜发现了我的不对劲，她总是能快速察觉到别人脸上的变化。

"怎么了，户塚同学？"

"啊？没事儿，可能是玩得太疯了。"

"这里十二点退房，要不要回房间休息一会儿？"

"嗯，要不我休息一会儿吧。"

"那我们找个吃午饭的地方，中午在那里会合？如果你不舒服的话，也可以自己直接去新宿的酒店，那里应该下午两点开始办理入住。"

若菜家在关东北部，可她没有去东京，而是选择了大阪的大学，一个人在大阪生活。也许正因如此，她比我们都更加成熟。

"我还好，上午休息一下就好了。"

"那我们看一下中午在哪里吃午饭吧。"

千晶打开园内的地图，我们选了一家咖啡店，约好在那里见面。

我抬起头的时候,里子和细尾刚好站了起来。里子用犀利的眼神瞥了我一眼,随后伸手挽住细尾的胳膊离开了。

我不禁低下头。我也不知道自己为什么觉得受伤,可我确实受伤了,我很愤怒。

"现在就回去吗?"若菜继续问我。

我摇了摇头,把盘子里的羊角面包塞进嘴里。

筱崎乡子小声地说:

"你们有没有看到刚刚前面那桌情侣?"

"看见了,看起来凶凶的,很有大阪味儿!"

听到千晶这么说,我紧张的情绪稍微缓和了一些。千晶的感觉特别敏锐。

乡子的声音压得更低了:

"刚刚取菜的时候,那个男的就在我旁边。我看到他袖口下面有文身,吓不吓人?"

"啊?那也太吓人了吧。"

确实,大夏天的,细尾却穿着长袖。

"黑帮和情妇?"

"那种人居然也会来迪士尼?"

我把牛奶倒入红茶中,拿起勺子来回搅拌。

我认识他们。他们和我们的年纪一样,是我的初中同学。

细尾自然是不可原谅的,但我和里子从小在一起,就算曾经彼此疏远过,也还是会有心意相通的时刻。

我感觉自己像是悬在了半空。大学朋友的善意没有半点虚假,我却觉得自己顿时与她们有了很远很远的距离。

和去迪士尼玩的朋友们分开后,我独自待在房间。

突然感到一阵无可救药的空虚。

和朋友们的快乐不过是一时的,她们不知道我杀过人。

她们和我根本不一样。

如果当时告诉她们那两个人是我的初中同学,她们会是什么反应?

里子也回避了我的视线,没有表现出任何重逢的喜悦。而且,她和细尾在一起。

我在床上躺下,闭上了眼睛。

我刚感受到世界的温柔,梦就醒了。

我知道的,这个世界不可能会那么温柔。就算会,我也不值得。

我太习惯这种感觉了。

十一点左右,我收拾好行李走出房间,在前台退房,把行李暂寄在酒店。距离约定的时间还有一会儿,我想一个人在公园里散会儿步。

即使心里难过,在热闹的气氛中一个人走走,心情应该也会好一些。希望在见到朋友们之前,至少表面上能有好看的笑容。

大家好不容易一起出来旅行,就我一个人愁眉不展的,对大家都不好。

正当我重新整理心情,准备走出大堂时,"友梨!"突然有人喊我的名字。我马上就知道了这是谁的声音。

里子跷着二郎腿坐在大堂的沙发上,她穿着丝袜,脚下是高高的高跟鞋。

我愣在原地,悄悄确认她旁边有没有细尾。

确认好细尾不在之后,我走了过去。

"好久不见,你现在住在东京吗?"

"没有啊,还在大阪,不过已经不住在家里了。"

里子的声音和以前一样,我稍微安心了一些。

"你朋友呢?没和你一起?"

"她们去公园玩了,一会儿再碰面。"

我还从来没有穿过高跟的鞋子,今天也是一双平底运动鞋,化妆最多也只是涂了涂有颜色的唇膏而已。

"你上大学了?还是短期大学?"

"大学……"

里子长长地吐了一口气。

"也是啊,看起来就像是一群女大学生。"

我惊讶地看了一眼里子的脸,她迅速把视线从我身上移开。

里子的话里确实带着刺,可我却觉得受伤的是她。

如此成熟、漂亮,和男朋友一起住酒店的她为什么会受伤呢?

在电视剧和漫画里,有恋人陪着的女生总是看不起那些聚成一团的女生,而女生们总是会嫉妒有恋人陪着的女生。可现实远比电视剧复杂。

"看到你这么开心挺好的。"

里子冷笑了一下。

我还是不明白,为什么里子看上去那么受伤,以及为什么我会这么觉得。

我开口问道:

"你是不是和细尾同学在一起?"

"不行吗?"

"不是。"

可他是轻易杀死理菜子的人。不仅如此,在上初中的时候,他一旦发作起来,场面就根本没办法收拾,他现在还这么暴力吗?

"到头来,我觉得人一旦脱离轨道,根本就没有从头再来的机会。步和我是同一种人。"

很久没听到过细尾的名字了。

"你们不一样。"

里子没有杀人。第一刀是我捅的,里子只是为了逃离现状利用了这一点而已。

"你现在在做什么?"我问。

里子惊讶地望着我。

"嗯?"

"在工作,还是上专科?"

通过刚刚的对话,我基本猜到了里子应该没有上大学。

里子再次冷笑。

"当然是在工作,高中都没读完,除了工作还能干吗?"

我想问为什么,话到嘴边又咽了回去。

"人一旦脱离轨道,根本就没有从头再来的机会。"从她刚刚说的话里,我多少能猜到。

"接接客而已,不是什么了不起的工作。不过,我这个人喜欢说话,还挺合适的。"

那就好。里子没有活在痛苦中,那就足够了。

她跷着二郎腿斜躺在沙发上,我坐在她旁边。

"我想趁年轻多工作攒点钱,到了四十多岁就去买一栋自己的房子,乡下的也行。再养只柴犬,种种田。"

三年前,她曾约我一起去遥远的地方放羊。

比起当时,里子现在的梦想现实了不少,这和她身上华丽的装扮并不相称。不过这个梦想,努力一下应该可以实现吧?

"真好啊。"

细尾会和她一起去乡下种田吗?我有点失落,她的梦想里已经没有了我。

里子依旧是里子,不管她的气质怎么变。

里子环顾四周,低声说:

"不过,还是得谢谢你,帮我杀了那个死老头。"

背后蹿过一股凉意。

这不公平,我没有做值得她感谢的事。

"里子……那不是我干的。"

"什么?"

"我到你家之前,他就摔下来了,我也不知道为什么。我很害怕……就逃回了家里。"

我不打算说那是真帆干的。我没有亲眼见到,无从断定是不是真帆干的。

"啊?!怎么会?!"

"所以不用感谢我,那真的是场意外。"

里子沉默着。我不确定她是否会相信,这种故事,连我自己都不信。可就算我说是真帆干的,也一样没有可信度。

里子的嘴角微微上翘。

"难道是天谴?"

"可能是。"

这时,电梯的门开了,细尾走了出来。里子立即起身向他走去。

细尾瞄了我一眼。他们挽着手离开时,我听见细尾的声音:

"谁啊那是?"

"以前我家附近的,碰见了。"

我苦笑。对于既不可爱又不漂亮的女孩子,细尾根本不会在意,也完全不会记得。

里子会喜欢上他,或许他也有一些可取之处吧。

可想起理菜子,我仍然无法原谅他。

越长大,我越自由。

我可以自己赚钱,可以买一张电车或大巴的远程票就出门远行。

可以一个人去看喜欢的电影,去看演唱会、看话剧。

和上小学时的我以及上初中时的我相比,毫无疑问,大学时的我更加幸福,可我再也不能像小时候那样做那些漫无边际的梦了。

我不会变美,不会得到很多人的爱,我早已接受了这样的事实。

不会在陌生的土地放羊,不会去太空旅行,大概也不会突然施展才华成为一名音乐家。

可以的话，我希望安静地活着，不去伤害别人，也不被别人伤害，心里只有几个朋友和几件我在乎的事物。

里子想在乡下买一栋房子和狗一起生活，我希望可以移居到一个海边的小镇，在那里听音乐、看书。

天气晴朗的时候，我就一个人沿着海岸线漫无目的地行走。

当时的我并不知道，连这些简单的愿望也是奢侈的梦想。

上了大学后，在家的时间越来越短。

和父母只有简短的对话，和家人吃饭的机会也越来越少，多是在打工的地方吃工作餐或是和朋友一起吃。刚好爸爸加班也变多了，他经常很晚回来，一家三口能坐在一起吃饭的机会一周也就一两次。

那是夏天快要结束的时候吧，为了写报告，我那天难得提前回了家。

我把行李放到房间，准备去厨房倒点茶喝，在一旁看电视的妈妈看见我说：

"友梨，刚刚真帆打电话来了。"

"欸？"

对于妈妈提到的那个名字，我有点不知所措。

"她说她来大阪了，在她妈妈那里，待会儿应该还会给你打电话。"

真帆的外婆已经去世,她妈妈也从团地搬走了。

"你没问她的电话吗?"

"她说她还会打过来。"

当时手机还没有普及,大家总是苦苦地守在电话机前等着电话铃响。聊的时间长了,还会被家人骂。

那天晚上,电话铃响了。晚上九点,给朋友家打电话还不算太迟。

我几乎是扑到电话上的。

"喂?!"

"友梨?"

"是真帆吗?"

我以为再也见不到她了,听到她的声音顿时心头一热。

"你现在在大阪吗?要不要见面?"

她主动打电话过来,我以为我们肯定能见个面,可电话那边却一直沉默着。

"怎么了?"

"友梨,你为什么要告诉她?"

"欸?她是?"

"日野里子。"

"我告诉里子什……"

我正准备反问她，却不由得停止了呼吸。

里子意识到了。她意识到，杀死自己外公的不是我，是真帆。知道整个计划的只有我和为我制造不在场证明的真帆。如果不是我杀的，那就只剩下真帆了……

"你竟然告诉她？！我绝不会原谅你！"

"我没有！"

"那她是怎么知道的？"

也许是里子以某种形式接触了真帆，并向她了解事情的真相，或许还设了陷阱，而真帆上当了。

真帆带着哭腔说：

"妈妈说得对。"

"怎么了？"

"她说和那些人在一起准没什么好事。"

一盆凉水劈头盖脸地浇了过来。

我想说不是这样的，喉咙却只是一直颤抖着，发不出声音。

或许可以说是我告诉里子的吧。要是我没有多嘴，里子就不会注意到。里子太聪明了，她知道不是我干的，就一定会想到真帆。

她怎么会相信什么意外啊、天谴的。如果真的有天谴，早就报应在她外公身上了。

"我要是被威胁了怎么办？！"

"被威胁？"

"说不定会被威胁。"

也就是说，还没有受到威胁。

我觉得里子不会做那种事。话到嘴边又咽了下去，我不确定里子是不是还是小时候的那个里子。她现在是细尾的女朋友。

"如果里子说什么，我就说是我杀的。"

"太晚了！"

真帆没理由杀里子的外公，肯定可以搪塞过去的。

真帆接下来的话让我猝不及防。

"她手里有我的扣子。她当时看见一枚扣子掉在地上，以为是你的就藏了起来，那可能是个证据。"真帆继续呜咽着说，"还有我穿着那件衣服的照片呢，家里的照片我都处理掉了……可是，在上林间学校那会儿我也穿了，所以学校的相册里……"

也就是说，里子不仅仅是猜测，她有物证。

"我绝对不会原谅你的，绝对！"

我没有求她，是真帆擅自做主替我动手的。

可上初中二年级冬天的那个事件也一样，我为了救真帆而捅伤了原田。当时，真帆也没有求我。

但是，我顺利逃脱了。如果真帆被抓，我到底该怎么办？

真帆低声说：

"如果她威胁我,你就把她杀了。"

她的话显得如此不真实。

6

说点儿关于我自己的事情吧。

我已经写了二十多年小说。

我独居,有一条老狗。妈妈住在附近,有时我会把狗交给她,然后自己出门旅行。

我有哮喘的老毛病,但基本健康。朋友不多,见面也少,但都是些兴趣相投的。

我作为小说家生活的时间比其他时间更长,除了小时候,我几乎一直在写小说。

我忙工作,做家务,和狗散步,睡大觉。平时喜欢看电影和戏剧。

我不是很清楚在大家心里，小说家是什么样的形象。

有的小说家认识很多演艺圈的人，有的几乎每天酗酒，有的住在洋气的高层公寓，有的则住在独门独户的、带书房的房子里，也有人一直住在极其逼仄的房间里。

从结论上讲，各有不同。

我住在一个偏僻的普通公寓里，距离车站很远。室内很宽敞，但这是牺牲了便利换来的。

我不喝酒，酗酒更无从谈起。家里养着狗，就算出门也总是很快回来。附近的电车和公交车都早早停运了，不过习惯之后也没有什么不便。

总之，索然无味。每天写小说，每周看一两次电影或戏剧。

没有万丈波澜，甚至少有刺激，完全和阔绰沾不上边。

大家对小说家还有什么其他的印象吗？

电视剧等作品中的中年女小说家多半不好伺候、性格古怪，不过似乎大家本来就容易对事业型的中年女性抱有这样的刻板印象。

我难伺候吗？生性古怪吗？我也不知道。可以的话，我并不想这样，但我也不愿意让人觉得我好欺负。

从我的经验来看，在大家眼里，所谓的稍微有点不好伺候的人通常可以活得更加自在，尤其是女人。

我见过太多性格好的朋友被人欺负、被人耍得团团转，而我几乎没有这样的遭遇。从这一点来看，我算是挺难伺候的。

我的性格中有一个明显的特质——对人情比较淡薄。不管是交朋友还是谈恋爱，我都不对人过分苛求。

和朋友相处时，这种淡薄往往会发挥正向作用。我很少将自己想法强加于人，和朋友见面的次数虽然不多，但也很少毁掉一段关系。可在恋爱中，这个样子就完全行不通了。

对于喜欢的人始终迈不出第一步，面对印象还不错的对象，也迟迟不愿回应对方的追求。

好不容易走到交往这一步，关系却往往难以为继。我很难想象自己有一天会想克服重重困难与某个人在一起。

不过话说回来，过了四十五岁生日的人已经没有那种机会了，可我并不会因此而感到寂寞。

只是偶尔会觉得自己是不是缺了点什么。

第二次和户塚友梨见面是在居酒屋。我听着她的故事，不知不觉却说了很多关于自己的事情。

户塚友梨歪着头陷入了沉思。

"我理解你的心情。"

我很是震惊，我以为我们是两个性格完全相反的人。

作为她们的朋友，不管是对日野里子还是对坂崎真帆，我都觉得她倾注了过多的感情和关心。

她继续说：

"应该是因为太害怕失去吧？写小说的人想象力丰富，所以总是在思考结局。"

我的心猛地一震。我不希望她如此轻易地下定论，可她的话确实无比精准地戳中了我。

没有什么是唯一的。

身边的人总有离开的那一天，所以我希望自己可以真心相待。但也正因如此，我总是想起离别。

于是，当那个人真的从我身边离开后，我甚至会感到一种解脱：终于不用再担心失去了。

让我别担心失去，等于让我放弃呼吸。

如果她说的是对的，那我并不是感情淡薄，而是比其他人更放不下。

我怎么也想不起来我是怎么挂断那个电话的。

心怦怦直跳，简直像要裂开。我在电话机前一动不动地站着，妈妈随口问道：

"和真帆聊了些什么？"

妈妈似乎很喜欢真帆。她穿着得体，看上去清爽干净、聪明伶俐，很受大人喜欢。我现在仍然觉得不可思议的是，就算是妈妈喜欢的人，妈妈依然会在家里或者在只有我在的时候，若无其事地说一些不怀好意的话。她经常把真帆父母离婚的事情挂在嘴边。

那确实是妈妈的心里话，可我每次听到她说这种话总是会想：会不会也有人在背后这么说我？

实际上，也是有的。

比如，真帆的妈妈毫不掩饰她对我的厌恶。通过真帆，我也大概能知道她是怎么说我的。可我还是对刚刚听到的那句话感到震惊——"和那些人在一起准没什么好事。"

"她说她见到了里子。"

客厅里放着电视，我又故意放低了声音，妈妈应该没有听到我和真帆的对话。

爸爸向来迟钝，绝对不会有任何察觉。

妈妈倒是可能已经注意到了我的某些压力和变化——我偶尔这么觉得。

她虽然注意到了，但将其归咎于青春期，于是不予理会，或是已经注意到了更加可怕的事情却束手无策。

现在想想，要是当时问一下就好了。

母亲现在已经不在了，就算想问也无人可问了。我虽然对自己的事情还记得，但是母亲身上发生了什么我却完全没有察觉。

父母在各个时期分别是什么样子，我也几乎想不起来了。

家人不可选择，无法奢求太多。

回到房间后，我才发现没有留下真帆的联系方式。不过，就算我问她，她也不一定会告诉我。里子的联系方式我也没有。

我在床上躺下。

我喜欢大学的朋友们，虽然不是所有人，但我确信身边的几个朋友也很喜欢我。

可我却在心里筑起了高墙，墙的里面只有里子和真帆。

我们曾共同经历过初中时代的狂风骤雨，现在却连电话联系也没有。我忍不住地难过。

就算里子真的像真帆说的那样去威胁她，我也不会对里子动手。里子要从真帆那里夺走什么，我也绝不配合。

像是刚结束剧烈的奔跑，心脏仍在怦怦直跳。我告诉自己："冷静，准备好接受一切。"

悔恨与伤感留到一切结束之后也不迟，重要的是冷静下来，不要自乱阵脚。

虽然我才活了不到二十年，但我明白，覆水难收。

遇到问题先要冷静，接受已经发生的一切，然后再思考怎么办。

我们很难做出最好的选择，但至少应该避免最坏的情况。

后来，真帆再也没有打电话给我。再次见到她，已经是十多年以后了。

大学毕业后，我作为正式员工入职了一家总部位于东京的书店。当时，泡沫经济已经进入尾声，即将进入求职冰河期。

我顺利地得到了工作机会，可班上有几个同学却吃了不少苦头。

爸爸似乎对我的工作非常不满，好几次听见他说什么"好不容易供你上了大学"。

时代已经改变了。我们得不到父辈那样的工作，也无法获得他们那么高的收入，我们必须拼命争夺为数不多的"椅子"。

事后看来，我们这一代已经算是比较幸运的了，至少还有个盼头。班上有几位同学选择了非正式的工作。

就算没有挤破脑袋成为正式员工，也可以在年轻时从事非正式的工作，以后再去参加其他公司的社招。当时，大家并不觉得这种想法不现实。

"自由职业者"这个词才刚刚开始流行。

陪伴了我整个大学的千晶也觉得，西装革履地去参加求职活动以及每天挤地铁上下班并不符合她的性格。于是，她一边兼职，一边在计算机专科学校上学。后来，在丹的帮助下，她去了中国，在北京的一所语言学校工作。

像她那样很快就会喜欢上别人，也很快就会受到别人喜欢的人，去哪里都能拥有自己的一席之地。

千晶在北京工作时和一位中国人结了婚，现在已经是两个孩子的妈妈了。筱崎乡子和在大学时交往的男朋友结了婚，成了一名家庭主妇。叶月若菜毕业后回了老家，我们再也没有联系过。

我们曾经共同度过了那么美好的大学时光，毕业后却几乎不再联系。可是不知道为什么，我依然坚信，如果有机会再次见到，我们依然可以一见如故。

也许就像我和里子还有真帆共同经历过那段暴风骤雨的时光那样，我和大学的朋友们也共同拥有了肆意的青春时光。那是工作后遇到的同事所绝对无法替代的。

哪怕再也没有机会再见，那段时间的相遇依然闪闪发光。

我之所以选择这份工作，并不仅仅是喜欢书，还因为我听说这份工作调动比较多。

听说我要去东京工作后，爸爸怒不可遏。

"女孩子还没嫁人就出去一个人住，绝对不行！"

听到爸爸这么说，比起荒唐，我更觉得奇怪。

这个人到底了解我多少，他到底在教育我什么？你的女儿已经杀了一个人哪，她还打算过杀另一个人哪。

如果有人把这些告诉爸爸，他会是什么表情？

我不知道自己会不会结婚。不结婚的话，我要一直住在这个家吗？一旦到了某个年龄，爸爸一定会因为我还没嫁人而感到羞耻吧？

我没有和爸爸吵架，只是迅速开始了行动。

离开家，逃离充满闭塞感的团地，我对这个既没有里子也没有真帆的团地没有丝毫留恋。

我感到不可思议。小时候，我觉得团地很大，大到没有尽头，团地里应有尽有，可现在已经物是人非了。

这并不仅仅是我个人的感受。

团地里的食品店在我上高中时就关门了。团地外新开了大型超市和消费合作社，食品店关门之后，大家也没有丝毫不便。

与真帆相遇的那间书店也在几年前拉下了卷帘门。三个月的时间里，我竟然毫无察觉。

我每天都回来很晚，书也是在学校的消费合作社或者上下学路上的站前书店购买。

我并不觉得难过，那仅仅意味着我曾经抛弃的东西，现在别人也把它抛弃了，仅此而已。

人也发生了变化，团地里的孩子越来越少了。不是因为搬家，而是因为曾经的孩子变成了大人，新的孩子却没有增加。

小时候一直觉得很友善的那位隔壁的江口阿姨，每次我因为做兼职回来得晚被她撞见，她总会说什么："交到男朋友了吗？别光顾着玩儿。"她的嘴角在笑，眼睛里却没有一丝笑意。

她做出了什么样的揣测，抱有什么样的臆想，就算她不说，我也大概可以猜到。

大人根本不值得信赖。他们只在自己兴致上来的时候把孩子教育一通，却几乎没有人真正愿意对孩子伸出援手。

为什么里子一直无法向他人求救？真帆为什么会在团地遇袭？

本可以回答这些问题的人，却只是装出了一副大人的样子。

我要离开这里，谁也不能阻止我。

虽然反对女儿在东京工作，但只要公司一声令下，不管调到哪里，像爸爸这样的人都不会反对。

最开始的三年里，我在离家不远的分店工作。第四年，我收到了前往福冈的调令。

四月开始上班，我三月中旬才收到通知。

没时间和朋友们说"再见"，也没时间和喜欢的地方一一惜别，我匆匆忙忙地离开了大阪。

真帆和里子还会给我打电话吗？疑问在我心头一闪而过。爸妈还住在团地，她们想联系我的话，随时都可以联系上。

在一片陌生的土地上，而且是一个人生活，这是我从未体验过的。不过，我很快就喜欢上了福冈这个地方。

我在距离闹市区步行十分钟的地方租到了一间房子，完全不用担心上下班高峰，放假时还可以溜达到街上去看场电影。附近还有剧场，可以看戏。

比起大阪的郊外，住在福冈市中心，让人更能感受到城市的生活气息。

在福冈待了四年后，我被调到大阪南边的一家位于关西国际机场附近的分店。从家里出发需要两个多小时，所以我还是决定一个人住。

环境换成了乡下，但是因为很多在大阪市工作的人选择在这里安家，所以房租不降反升。说实话，我有点想回福冈了。

不过，住在这里方便见大学同学，放假的时候也可以去大阪市内玩。离海也不远，骑着自行车就能到海边，还可以近距离地看到飞机。这些我都很喜欢。

在那里，我遇到了我的初恋。他和我在同一栋百货大楼工作，是安保公司的，比我大三岁。

开始的时候，我们只是简单地问候，或者聊一聊最近的天气。慢慢地，他每次见到我都会开玩笑，逗我。我每次都被他逗得捧腹大笑。

他长得不算帅，但是很高，面相温柔。不知不觉间，我开始期待和他说话。

后来，他约我去看电影。电影结束后，我们一起去吃饭。渐渐地，百货大楼的每个定期休息日我们都会见面。

几次约会过后，在能看到飞机跑道的观景台上，他问我："可以和我交往吗？""可我们好像已经在交往了欸。"我说。他弯下腰亲我。

像是喝了几口白兰地之后晕晕乎乎的感觉。

我明白，酒会醒，感情也会在不久后"清醒"，希望"清醒"之后依然想和这个人在一起。我二十九岁了，马上就三十岁了。这个年纪才开始第一段感情，今后恐怕很难再爱上别人了。

好不容易找到的人，我想好好珍惜。

并不是没有心怀芥蒂的地方。开始交往不久，他就开始称我为"你这家伙"，并揶揄我腿粗、屁股大。明明自己年纪比我还大，却三番两次地说我"已经不年轻了"。

但他是个心直口快的人，我喜欢这一点。他经常说他喜欢我，有什么想吃的东西、想去的地方也会直接告诉我。爸爸不开心时就像放"烟幕弹"，不声不响地笼罩着家里的每个人，所以我很欣赏他的心直口快。

这一点到现在也没有改变。他绝对不是个坏人，我不恨他。

酒很快就醒了，不过醒来后，我没有了继续在一起的意愿，仅此而已。

有一件事我现在仍然记得很清楚。

电视上在介绍穆斯林在食物上的禁忌，讨论今后穆斯林游客增加时应该如何应对。

他一边看电视，一边嘟囔：

"很少有穆斯林会来日本吧？"

"虽然不多，不过以后可能会越来越多啊。"

我记得神户就有清真寺，还有人住在那里。

"伊斯兰教的国家离日本不是很远吗？"

"不会吧？中国也有伊斯兰教徒啊。"

他满脸惊讶，随后大笑：

"哈哈哈，你傻了吗？中国是，嗯……佛教！孙悟空那个师父三藏法师不就是个和尚嘛。"

并不是这样的。中国也有伊斯兰教的信徒。我准备解释，可看到他笑得前仰后合的样子，顿时就懒得开口了。

这个人，当自己的认知与我的认知出现差异时，他的第一反应就是认为我是错的，并对此深信不疑。如果他是专家，我是个不学无术的行外人也就算了，可他连自己根本不清楚的事情也是如此。

一个星期之后，我们和他的朋友一起吃饭。他笑着把之前的事又说了一遍。

大家被他的话逗得哈哈大笑。

不是这样的，我只是说中国也有伊斯兰教信徒。可这句话作为我是个傻子的证明，在饭桌上成了大家的笑料。

他的朋友笑着说：

"友梨,那美国是什么教呢?"

我也笑着回答:

"也许是犹太教吧。"

哄堂大笑。没有人意识到这是一句玩笑话,大家都觉得我是个无知的人,并以此为乐。

选择做一个白痴就可以获得疼爱,会招人喜欢,可以活得更加轻松。

代价就是——没人会把你当人看。

如果我在这里好好地解释说中国也有不少清真寺,就可以让大家意识到我不是个无知的人。可与此同时,我就会变成一个没有眼力见儿的、不会开玩笑的女人。

事后还会被嘲笑说因为年纪大,所以不可爱。

不管怎样都很麻烦,既然都很麻烦的话,不如索性沉默下去。

对于有着这种想法的自己,我也完全喜欢不起来。

三年后,我又接到了公司调令。这次是东京。

"你会辞职吧?你不会去东京的吧?"

我想了想,我要辞掉工作,留在大阪和他结婚吗?那简直像是参加一场一点也不划算的赌局。

公司至少认可我的工作,只有得到公司认可的员工或者新人,才会被分配到东京总店。

我问他：

"你打算和我结婚吗？"

那是个狡猾的问题。并不是说我有这个意愿，我只是想知道他对我到底有多认真。

他很惊讶：

"呃……我想再努力一段时间，等工资再涨一点……话说，这个问题不该由女生来问的吧？"

我笑了。

"对啊，抱歉。"

他人不坏，可我并不愿意牺牲自己的工作和他在一起。

并不是说我有多喜欢现在的工作。每天待在书堆里自然开心，可一天到晚都得站着，还有不少力气活儿，我又有腰痛的毛病，工资也并没有很高，可我还是不想放弃自力更生的能力。

比起辞掉现在的工作在大阪重新找一个工作一切从头开始，留在现在的公司划算多了。

我有条不紊地做着去东京的准备。在第二周的周六，我把决定告诉了他。

他一时语塞，似乎完全没想到我会做出这样的决定。

"也就是说，我们要异地了吗？……"

"可是，以后休息的时间可能不一样，我也不能经常回来。虽然说我家在大阪，偶尔还是会回来……"

我已经几乎要放弃这段感情了。

他咽了一口口水。

"如果我向你求婚的话,你愿意辞职留下来吗?"

我笑了笑。

我不是不认真,也不是故意刁难。如果我愿意多走几步,我们或许可以继续下去。

我希望他至少上个星期和我说这些,那样的话,或许我还能重新考虑,在我已经下定决心之后再说这些已经没有意义了。

"抱歉,我不是这个意思。"

他强忍着眼泪,最后还是哭了出来。

虽然已经确定要分手,但我依然喜欢他的率真。

在东京生活并不容易。

东京的夜很长,店里的下班时间也晚。而且,我不能像之前那样在书店附近租房子了。虽然公司有住房补贴,但根本够不上上涨的房子租金。

我租了一间比之前任何一次都小得多的房子。

书只带了喜欢的那些,其他的全部扔了,一直很中意的三人座沙发以及小型餐桌和椅子也扔了。

以后应该没有人会来我房间了吧。

小小的房间里只摆了一张床和一个小小的书架。

周围全是楼，附近也没有公园。海离得很远，就算大老远过去，东京的海也不好看吧。

不可思议的是，房间虽小，却出乎意料地舒适。

我感觉自己似乎化身成了一粒小小的沙。独居的孤独和解脱感，就算在这里客死他乡也无人在意的孤寂，一切都如此契合。

城市总是那么朝气蓬勃，大家看上去都很开心。我没有朋友，不敢一个人去中心区。可即便如此，上下班路上的都市氛围依旧令我欢愉。

走进高级超市，里面摆满了我从未见过的高级食材。我没有什么能买的，偶尔会买一些罕见的点心和带有异域特色的食材。这些都令我感到快乐。

我尤其喜欢东京的夜晚。

街上流光溢彩，到处都是二十四小时营业的咖啡店和卡拉OK店，人与人之间极尽淡薄。

我将成为融入东京夜色里的一粒沙，没人想将我捧起，眼前永远是陌生人。

我在营业至凌晨的酒吧和咖啡馆看书、看夜场电影。我终于知道为什么那么多人想来东京，那么多人想留在东京了。

我可能比较适合派遣的生活。所去之处，都能找到小小的快乐。

就算在工作上遇到性格不合的人，只要认识到这只是短期情况，就可以相安无事。

本质上，这也许就是某种放弃。

就这样过了两年。

我没有谈恋爱，没有交朋友，自由自在。

我终于愿意去相信自己并不是不幸的了。

十二月的一天，我上早班。

结束工作解下围裙的时候，我从储物柜拿出包看了一眼手机。

这只是一种习惯。除了同事，我没有别的朋友，几乎没有人联系我。

不过，偶尔会收到出版社的销售人员发来的邮件，书店的同事有时也会约我出去聚会，其他分店的同事有时还会分享一些工作信息。

就算不主动交朋友，只要兢兢业业地工作，自然会与人产生联系。

那天，我收到了妈妈的信息。

"真帆打电话来家里了哟。我说你现在在东京，她好像还不知道，我就把你的电话给她了。"

我顿时无法呼吸，深吸了一口气，说：

"好的，谢谢。"

"你去了东京,都没有联系人家吗?"

我没有回答妈妈的问题,把平时放在包里的手机装进大衣口袋,朝家走去。

我想过要不要去看电影,不过还是决定直接回家。在摇摇晃晃的电车上,我的注意力一直没有离开手机。

真帆为什么会打电话过来?是好事还是坏事?

很难想象事到如今里子还会去恐吓真帆。虽然说那颗纽扣可以作为证据,可就算里子做证那颗扣子是在房间里捡到的,应该也很难得到重视。

事情发生这么久了,就算现在交给警方,不被理睬的可能性反而更大。报案得趁早。

好久不见,我好想你啊。要是这样该多好。如果真的是这样的话,我一定会觉得现在的自己是幸福的。

就算身边没有朋友,就算从分手到现在一点新恋情的苗头也没有。

刚到家,手机就响了。我拿起手机,贴在耳边:

"喂?"

"友梨?"

真帆久违的声音,她的声音一点也没变。

"嗯,是我。最近好吗?"

"还好,你妈说你现在住在东京?"

"嗯,对的,工作调到这边了。"

"你一个人,还是结婚了?"

"没有,我一个人,你呢?"

真帆支支吾吾的。

"我结婚了,有一个女儿。"

"这样啊,你已经是一位妈妈了。"

我还是一个人。

我和真帆都三十四岁了。十六岁之后,我们就再也没见过面,也不知道她这些年过得怎么样。

可我却觉得里子和真帆好像一直在我身边。

我明明见过十九岁的里子,可记忆中的她却一直穿着初中的校服。

此刻在电话那头的真帆,自那以后走上了一条我不知道的路,就像她不了解我的事情一样。

真帆说:

"要不要见一面?你什么时候放假?"

"嗯,这周吗?这周是星期四休息。"

"不是周末啊?"

"毕竟是销售岗。"

不知为何,真帆沉默了。沉默持续了一会儿。

"怎么了?"

"我还是先告诉你吧。告诉你之后,你再决定要不要见面,这样比较公平。"

真帆到底要说什么,我在想。

"我……遇到点儿问题。呃……我老公会打我。现在不怎么打了,但是他会看我的手机,还每天监视我。"

我难以置信。

"那算是……家暴?"

"对。"

"好像有那种庇护所可以……"

"我去过一次,但还是被他带回去了。他很会骗人,工作人员也被他骗了……"

"能和你爸妈商量下吗?"

"不可以。我爸对他现在的老婆唯命是从,他老婆很讨厌我。我和我妈已经很久没联系了,而且这种事情根本指望不上她。"

"如果有什么我能做的……"

话虽然这么说,可我既没有这方面的知识,也没有经验,只能看一看书,在网上找找资料,给她找一个好一点的庇护所以及借一些钱给她藏身,其他好像什么也做不了。

真帆放低音量:

"友梨。"

"嗯?"

"如果我说……帮我杀了他，你愿意吗？"

星期四下午一点整，家里的门铃响了。

我通过防盗视频确认是真帆后，打开楼下的自动锁，随后打开房间的门等她上来。

门开了，真帆站在玄关。她牵着一个小女孩，三岁左右吧。

"没迷路吧？"

"嗯，稍微绕了点儿路，不过离地铁站还挺近的。"

"可是房间小。"

有时候要加班完坐末班地铁回来，所以房子不能离车站太远，路上要亮。

真帆还是那么漂亮，笔直的后背与细长的脖子也和以前一样，说是二十多岁也完全不过分。长发用梳子简单地梳过，显得自然又恰到好处。

大衣和毛衣都起了球，不符合她以往时髦的作风，也许是生活比较拮据吧。

我看着小女孩：

"你叫什么名字呀？"

她害羞地躲到真帆的身后。

"叫依子，下个月三岁了。"

女孩长得似乎不像真帆。

"带她过来不要紧吗?"

"没有人可以帮忙照看。没关系的,她才三岁,要不了多久就会忘了。"

事到如今,警察不会再调查我们的关系了。真帆说:

"我们已经这么多年没见了,给你的电话也是用公用电话打的,警察一定不会怀疑到你头上。"真帆一动不动地盯着我,"友梨,你还记得吗?你救过我,上初中二年级的时候,我一直记着。我还没好好感谢你呢。不仅没感谢你,还对你说了很过分的话,和你绝交。我一直想向你道歉。"

如果此时真帆把里子外公的事情拿出来说,借此让我杀人,我可能会有所犹豫,可她没有这么说。

我心头热热的,此前的时间和距离仿佛都消失了。我一直在等这些话。

"也许是嫉妒吧,我嫉妒里子。因为我知道你之所以会救我,是出于对里子的负罪感。我之前一直以为你是单纯地救了我。"真帆紧紧地抱住膝上的依子,"但是,当时要不是你救我,我可能就被他杀了。"

就算没有死,受到性侵也等于杀死了灵魂。

明明被盯上的不是我,可自那以后,我也认识到:这个世界充满了危险。

每次搬家,我都会选择一个安全的环境。哪怕房间再小、租金再高，我都尽量选择带自动门的高层住宅。

我突然感到愤怒。

真帆的灵魂再次受到了死亡的威胁。有很多女性惨死在残酷的家暴中。

真帆从口袋里掏出钥匙，放到我面前。

"这是我家的钥匙，不是我自己配的，是入住的时候给的，肯定查不到。"

我吐了口气。

"可我力气太小，对方是个男的……"

"他喜欢喝酒，我先把安眠药下到家里的烧酒瓶里。你拿着钥匙进去，把睡着的他捅死或者勒死，然后开门离开就行了。记得不要带走钥匙。那天我会带依子回老家，我们会和附近的邻居们打招呼，让他们看到。"

杀掉一个素未谋面、无冤无仇的人，我能做到吗？

我突然意识到，为了保护真帆，我杀了原田，当时我根本不认识原田，现在依然不认识。

真帆为了我杀死了里子的外公，她和里子的外公也根本无冤无仇。

令人窒息的沉默笼罩着整个房间。

"那家伙要是死了，我就不用东躲西藏了。躲在外面的时候，我根本没法正经工作，还要一直胆战心惊，我实在受不了了。"

如果没有那个男人，真帆就不用东躲西藏，可以在现在住的地方从头开始。

这件事情不能由真帆动手。一旦真帆成为杀人犯，依子将无依无靠。

我张开嘴，问：

"什么时候动手？"

"随时，找个你方便的日子就行。他现在没有工作，整天都待在家里。"

只有在她老公突然出门之类的意外发生时，真帆才会用公用电话联系我。

"要是我没机会动手呢？"

"没关系，我直接回来就好了。"

回老家只是为了制造不在场证明，就算当天没机会动手也不需要联系她，真帆说。

"要是被人注意到了，或是发生了什么容易被人记住的事情，也可以直接回去，我后面会联系你。"

"我知道了。"

我接过真帆递过来的字条，上面写着地址，还画上了地图。

我不知道自己的决定是否正确，也许是错的吧。可如果连真帆也拯救不了，我活着又有什么意义呢？

"如果成功，我绝对不再联系你，你也不要联系我。"

"知道了。"

拯救朋友的同时，也失去了她。

我和里子好像也有过类似的对话，已经是很久以前了。不过，如果顺利闯过这一关，多年以后应该还能再见吧。

我把手放到矮脚桌上，望着真帆的眼睛：

"成功之后，再过许多年，等到没有人怀疑的时候，我们再见吧。"

真帆点点头笑了。

"好想去个别的地方啊，我们三个一起。"她应该是把依子也算进来了，"友梨想去哪里？"

我一下子想不起来，沉默了一会儿：

"我想一边散步，一边说说话，聊一聊以前的事情。"

真帆望着天花板笑了。

"真好，我也有好多话想说。"

那天，我上晚班。我把店里的卷帘门拉下，将当天的收入放进夜间保险柜，锁上办公室的门离开了书店。

我没有用 IC 卡，而是买了一张去真帆家的车票。

包里装着白色的手套和衣服，手套是为了不留下指纹，衣服是身上穿的衣服沾上血之后拿来替换的，刀我准备直接用他们家厨房里的。

顺利的话应该能赶上末班电车回来，不行的话就先尽量走，走不动了就找一家商务酒店或者是卡拉OK在里面等到天亮。

本来想选一个上早班的日子，可我们店在休息日前排的基本都是晚班。第二天最好可以没有任何安排。在那种情况下，第二天很难若无其事地去书店上班。弄不好的话，可能还会受伤。

我坐上地铁，在一个陌生的车站下车。

我手握地图走在路上，一股难以形容的恐惧排山倒海般袭来。要是真帆撒谎的话，该怎么办？

要是这个人其实并没有家暴，真帆策划这场杀人事件纯粹是想获得保险赔偿之类的该怎么办？

真帆又怎么会骗我呢？我是为数不多知道真帆杀过人的人。那件事应该只有真帆、我还有里子三个人知道。

我告诉自己，真帆不会骗人。

就算被骗也没关系。要是当时杀死里子外公的是我，而且事情败露的话，从高中毕业到现在的安稳生活压根儿就不会存在。

大概走了二十分钟，我终于找到了那栋公寓。那是一栋木制两层的公寓，看起来有些年头了。

我悄无声息地沿着楼梯往上走，戴上白手套走到那扇门前，将钥匙插入锁孔。"咔嚓"一声，我转动钥匙。

我慢慢地打开吱呀作响的门。房间里的灯和电视都开着，男人趴在榻榻米正中的矮桌上，睡着了。是个肥胖的男人。矮桌上放着烧酒瓶和杯子，窗帘紧闭着。

我走进厨房，寻找菜刀和水果刀。水槽里放着一把大菜刀，应该是在暗示我"用这把"。

我拿起菜刀向男人靠近。我不敢看他。

我伸手轻轻地贴在他的脖子上，感受着汩汩的脉动。我麻木地把刀架在他的脖子上，"扑哧——"，下水管破裂的声音，鲜血从男人的脖子和嘴巴里喷涌而出。

他应该会在第二天到来前出血过多而死。我放下微微痉挛的男人，把烧酒瓶和杯子里剩下的酒倒进水槽。随后打开水龙头冲洗干净，确保水槽里没有残留。

我擦拭掉钥匙上的指纹，为以防万一，又让男人轻轻捏了一下，随后将其轻轻放到柜子上。

把窗户也打开了。或许把钱包拿出来看起来会更像是入室抢劫，但我实在顾不上了，我一秒也不想继续待下去了，只想尽快离开。

慢慢关上门，走下楼梯。腿不停地颤抖，甚至不能好好走路。

我得赶紧走，不然赶不上末班车，但我不能跑，会引人怀疑。我只能快步向车站走去。

终于赶在最后一班车发车前一刻赶到了车站。我走进充斥着酒味的末班车，大大地喘了一口气。

车门关上，电车开始缓缓滑行时，我看到了难以置信的一幕。

车站的站台上，站着真帆。和我视线相对的一瞬间，她露出了极其温柔的笑容。

7

我顿时无法动弹。

过了好一会儿，终于勉强在空座上坐下，调整呼吸。心脏仿佛要裂开了。

真帆为什么会在那个车站？她应该要制造不在场证明才对。

难道是发生了什么事，必须要回去吗？这样的话，应该给我打个电话啊。

我打开手机，确认有没有来电记录。没有任何人给我打电话。我发现自己拿着手机的手在微微颤抖，于是合上手机把手塞进口袋。

开往市区的末班车不同于反方向的电车，车里空荡荡的。因为乘客少，所以稍有奇怪的举动就会被人记住。

电车渐行渐远，逐渐远离那个被我杀死的陌生男人。

已经回不去了，再也无法挽回了。他将在那个房间里倒在一片血泊之中。

想到这里，我的身体不禁又开始颤抖。我庆幸现在是冬天，要是穿单衣的季节，我的颤抖将暴露无遗。

或许是真帆撒谎了。

或许她的丈夫其实是个善良的男人，只是好酒罢了。她让我杀了他，其实是为了获得保险赔偿。

我紧紧地闭上眼睛。就算这样，真帆也还是需要不在场证明啊。可她为什么会在车站呢？而且还看着我笑，一脸计划成功的样子。

不明白的事情太多了，我好想大叫一声，好想有一个人可以让我哭着向他求助。但我很快便意识到，我能依靠的人，一个也没有。

和父母只是半年左右见一次，平时甚至连电话也不打。男朋友也已经没有了联系。

真帆来找我时，我感觉自己终于和某个人有了联系，就好像曾经失去的东西又回到了自己身上。可现在我只觉得一切都乱作一团，那种失而复得的感受已经消失得一干二净了。

在一站停车时，旁边坐着睡着的中年男子突然起身，连站名也没看就下了车。

看他的样子，应该是无数次乘坐这趟末班车，无数次在这个车站下车了吧。

大家都生活在正常的生活轨道，只有我被排除在轨道之外。

直到昨天，我还一直觉得自己是融在东京夜色中的一粒沙。现在，我已经开始怀念那种感觉了。

终于到家了，我洗了个澡。

用剪刀把手套剪成碎片，和厨房的垃圾一起装入垃圾袋。大衣、衣服和鞋子也准备扔掉，但是所有东西一股脑地全装进垃圾袋容易被人怀疑。今天就先把沾了血的手套扔掉，剩下的以后再慢慢处理。

我已经筋疲力尽，一根手指也动弹不了。

我一头栽倒在床上，身体沉重得仿佛要沉入地球的另一面。

似曾相识的感觉。

我拼命搜寻记忆。想起来了。上初中二年级的那个晚上，我为了救真帆，拿刀扎进了那个男人的腹部。

这么一想，心里稍微轻松了一些。

就算明天一早警察敲门将我逮捕，也不过是又回到了那天晚上而已。

我将身体全盘交付给一步步吞噬过来的睡意。

如果一切能从那时从头开始，很多事情会不会做出更好的选择？

第二天一直睡到中午。

醒来后也没人按门铃。

没有接到真帆的电话。我想质问她当时为什么会在车站，可我没有她的联系方式。我们约好，计划成功的话就再也不联系了。

可我并不觉得一切结束了。

如果没有在车站看到真帆的脸，或许我至少可以稍微平静一些。

真帆是作为犯罪嫌疑人被警方逮捕了吗？如果是这样的话，依子现在怎么样了？

我恐惧万分，不敢看报纸，也不敢打开电视。

鸵鸟遇到可怕的事情时会把头埋进沙里装作什么也没有看到，这是真的吗？如果是真的，我想我完全能体会到它们的心情。

话说到这里，户塚友梨长长地舒了口气，小声说：

"我累了。"

是该累了。我看了一眼时间,她已经说了三个小时。自从我完全转为听众后,她几乎是一个人在不停地说话。

我们只点了两三杯乌龙茶和几碟小菜,对于居酒屋而言,我们并不是什么好客人。

冰块已经完全融化了,她一口喝干杯里的乌龙茶。

"再点一些吃的吧?"

"不用了,谢谢。"

她说完便不再开口。于是,我专注于清空碟子里的菜,沉默笼罩着我们。

借着服务员来收盘子的机会,我要了两杯热茶。

"我们的故事有意思吗?"

"嗯,特别有意思。"

这不是客套话。真帆为什么会在车站?友梨杀死的男人究竟是谁?

疑问实在太多了。

"能写成小说吗?"

"嗯……这个……"

如果后续和结局由我自由发挥,也许可以挑战,可这又不是什么破案游戏的题目。

"可以是可以,但里面一定会加入我的主观意识和一些吸引读者的设计,当事人应该不会喜欢。"

小说就像一匹野马,有时甚至连作者也无法驾驭,所以我不能轻易接受对方的要求。

从她说出口的那一刻起,事实就一点点开始变质了。再经过我的消化与加工,最后就算能作为小说呈现出来,应该也和她的期望相去甚远。

热茶上来了,我喝了一口,陷入了沉思。

那么,我为什么还在听她的故事呢?

因为她希望我继续听下去?如果那是我不想做的事情,我必然会借故推辞,可我却在和她商量下一次见面的时间,这难道不是说明我想继续听下去吗?

我想知道她们的结局。

户塚友梨就坐在我的面前,把装有热茶的茶杯捧在手中取暖。这个故事的结局应该不会太坏。

当然,就算故事讲完了,她的人生也会继续下去。

被闹钟吵醒。

关掉闹钟,心不甘情不愿地起床,洗脸。刷完牙,把面包放进面包机,拿出来后在上面摆上奶酪片和酸洋葱,吃下。用微波炉热好牛奶，倒入速溶咖啡，边化妆边喝。

把头发扎成马尾，穿上粗布牛仔裤和毛衣，拿上大衣和每天都拎在手上的包出门上班。

犹如印章敲下的一个个印迹，一成不变的日常一成不变地继续着。

仿佛只有那天被拉扯进了另一个世界。

那天穿的衣服和鞋子一点点都扔掉了。那件大衣平时一直穿在身上，后来再想穿它，打开柜子才想起已经被处理掉了。

只有衣柜里缺失的那一小块空间证明着那一天确确实实存在过。

真帆没有联系我。我不知道该如何联系她。

我考虑过向初中同学打听一下，或许可以找到能联系上她的人，可那所学校里和真帆关系最好的就只有我了。

真帆和团地的同龄人几乎没有什么交集，应该不会有人知道她的联系方式。

和真帆的联系彻底断了。

之前的电话也是她通过公用电话打过来的，要想找到她就只能再去一趟那栋公寓。

可我实在没有那个勇气，地图也早就丢了。我本来就是路痴，很难想象我可以在没有地图的情况下找到那个地方。

如果这是一场梦该多好。我无数次这么想。

并不是说我后悔自己成了一名杀人犯,我早就是一名杀人犯了。

如果那个男人不是家暴狂,我当然会有负罪感,可那份负罪感极为淡薄。

但是,一想到我可能被真帆骗了,我就呼吸困难、心跳加速。

也许负罪感过于淡薄才是一切的根源吧。

我曾看过一本关于精神疾病的书,里面介绍了一些关于精神疾病患者的特征。有魅力、能言善辩等特征我一点也不符合,但是没有负罪感这一点深深地刺痛了我。

虽然是独生女,却和父母保持着距离,还离开好不容易交到的男朋友,离开大阪。父母也好,男朋友也好,自从来了东京,我几乎从未想起过他们,也从来没有对与男朋友分手感到过后悔。

因为我不是个正常人,所以上初中二年级的那个冬天,我才把刀子捅进了那个男人的腹部,现在,我才完全听信真帆的话杀了那个素未谋面的男人。

也许我是一个笨嘴拙舌又毫无魅力的精神病患者。这么一想,心里稍微好受了一些。

也许人类都喜欢自欺欺人。

过年那段时间,我没有回大阪。正月、黄金周和盂兰盆节等节假日，我也基本在店里。有家庭的同事这种时候往往会计划请假，我则完全没有这种需要。

工作只是不回老家的借口，我的年假总是在店里的人手充裕的时候一点点消化掉。

元旦那天，书店放假。我本来打算在家吃点年糕汤的，没想到被紧急借调到其他分店去帮忙。最近有很多大楼选择元旦就开始营业，进驻的商户只好照做。

其他店员对此颇有微词，我的话只要给加班补贴就并没有什么不满。

我不喝酒，也不在外面吃饭。考虑到安全，房租倒是稍微贵一些，除此之外没有什么需要花钱的兴趣爱好。不知道从什么时候开始，存钱竟成了一种兴趣。

元旦那天，那个分店的客人络绎不绝。

这个时候很多地方还没有开门营业，所以当天的客人都集中在开门的店铺。那个分店我之前也去帮过忙，平时就很忙。

营业额这么好，也难怪业主会选择在新年头三天也照开不误。

可是这样一来，店员和家人在一起的时间就会减少。一位和我关系不错的同事在仓库告诉我，因为元旦营业，他不得不放弃回老家过年的计划。

不是谁都像我一样想主动和家人保持距离。

到了晚上，客流量稍微减少了一些。店里平时营业到九点，新年头三天，八点就可以关门。

我把收银台交给其他同事，自己去给书架补货时闻到一股淡淡的香味。

那是一股淡雅的香水味。我抬起头，一位身穿淡绿色大衣的女性走了过去。

穿那种颜色的大衣，要么是有钱人，要么是把钱都花在衣服上的人。

如果只能有一件大衣，人们一定会选一件颜色和款式都比较好搭配的，只有那些有好几件大衣的人才会选择这种亮丽的颜色。

她身上的包也是连我都知道的著名奢侈品牌，我就算工作一个月应该也买不起那种包。

我并没有非常羡慕。对我而言，那个包就像是另一个世界的东西。

她身边的另一个女性也全身穿着类似的奢侈品。虽然年龄相仿，但我们不在一个世界。

穿淡绿色大衣的女性突然回头。一瞬间，我的呼吸停滞了。

是真帆。

她手上拿着一本旅游杂志，对着身边的女伴微笑。

没错。我一个月前才刚见过她。

趁她还没有发现，我迅速躲到书架后。

我调整呼吸。从长相上看肯定是真帆，整体感觉却和上次见面时截然不同。

是因为离开了家暴的丈夫，重获自由了吗？如果是这样的话就好了。一定是这样的，我小声告诉自己。

她们在店里逛了一圈就离开了，什么也没买。

看着真帆消失在视线中，我的呼吸终于正常了。

我无法相信。比起去年在我家见面的时候，身穿漂亮的大衣和朋友谈笑风生的她更有真帆的样子。

从初中时起，她就既时髦又光鲜靓丽，和团地的其他孩子完全不一样。

我甚至羡慕过她总是挺得笔直的后背。

可是，那天出现在我面前的那个精疲力竭的真帆究竟是怎么回事？

一月末，我久违地回了一趟老家。

本打算找个借口暂时不回去，没想到外公被检查出患有胃癌，要做手术。说是已经扩散到了淋巴结，我只好回去。

两天休息日加上一天年假，我带着三天的假期坐上了新干线。

我不喜欢回老家，但是喜欢坐新干线。买一份便当，选一个靠窗的座位，一动不动地望着窗外。

人不会轻易接纳我，但城市会。

在这个地方生活的话，是什么感觉？如果出门就能看见这座山的话，生活一定会很快乐吧？我沉浸在幻想中，两个半小时转眼就过去了，甚至连打盹儿的时间都显得可惜。

在新大阪站和妈妈碰面后，我们一起前往外公所在的医院。一年没见，外公瘦了很多。

外公自尊心很强，努力表现得非常精神，可依旧掩盖不了不时露出的疲相。

我们很快就结束探望离开了医院。

在回去的电车上，妈妈问我：

"我说，你交男朋友了吗？"

"没有啊。"

我当即回答。大阪的前男友也没有介绍给父母。

"你也老大不小了，别总是由着自己的性子，赶紧找个男朋友。听说沙弓已经去婚姻介绍所登记了。"

沙弓是与我同龄的一个亲戚。我没有由着自己的性子，我只是在忙工作而已。

男人们肯定不会因为忙工作而被别人说成是"由着自己的性子"。三十岁以后，我总是对这些不平等分外敏感。

"你见到真帆了吗？"

突然听到真帆的名字，心脏简直要停止跳动了。

"我们时间有点难约，我下班晚，最近周末也总是请不上假……"

听着就像是借口。

"我前几天在百货商场遇见真帆的妈妈了。"

"欸？"

真帆的妈妈竟然还在大阪。听说她本来就是大阪人，倒也没什么奇怪，我只是有点意外。

"她妈妈看起来还挺好的，不过好像真帆也还没有结婚。不愧是小时候的好朋友，你们还真像。"

我顿时无法呼吸，勉强挤出一个笑容作为回应。

"她有没有说真帆在做什么工作？"

"说是不动产之类的，她爸爸不就是搞那行的嘛。"

"是吗？我都不记得了。"

真帆没有结婚。

她要是结婚的话，她妈妈不可能不知道。

房子里的男人不是真帆的老公。门口没有名牌。

那天带着小女孩来我家的，不是真的真帆。

她披着谎言的外衣欺骗了我，我听信了她的谎言。

我没有感到愤怒，或许以后会吧，我现在只觉得自己既轻率又愚蠢。

不仅如此，我甚至在内心的某个地方觉得如果那个人就是真帆，那么我就算被欺骗了也没关系。

那或许就是混在感情中的杂质吧。也许是因为我还无法接受这一事实，所以才会有这样的情绪。

也许假以时日，这种情绪便会被愤怒与憎恶吞没，可那并不能说明这份杂质就不是真的。

下一个休息日，我起得比平时晚。

我注意着早高峰结束的时间，做着出门的准备。我平时只是简单地抹一点粉底、涂涂口红，今天却化得格外细致。还换上了平时几乎不穿的西装，穿上乐福皮鞋，戴上一副眼镜。

这样一来，我和平时的形象就大不相同了。就算遇到认识的人或者熟悉的常客，他们也不会注意到我。

我坐上地铁前往当时的那个车站。借着路边的街景或许能想起当时走过的路。

现在是白天，当时是晚上。没有找到的话，就换一个晚上再过来。

之前曾在小说里看到过多次杀人犯重返犯案现场的情节。当时觉得不现实，现在看来是真的。

下了地铁，走出检票口。那是个小站，只有一个检票口，出口也只有两个。

我目不转睛地看着地铁里的地图。

当时路过了一个邮局和公园。地图上也有邮局和公园，看上去应该是当时的那个。方向基本上确定了。

我很快就找到了那个公园，但是从公园拐了几个弯之后就迷路了，只好回到附近。大概走了四十分钟吧。

终于找到一条看起来对的路，我镇静下来，爬上一小段坡道。

走在坡道上，突然看到了那栋似曾相识的木制公寓——楼梯裸露在外的老旧二层公寓。

顿时，脖子像是被人狠狠地勒住，难以呼吸。

男人会不会还在公寓里？他躺在地上，脖子上的血已经流干了。

不可能。时间已经过去两个月了，就算是冬天，尸体也应该早就腐烂，发出恶臭了。周围邻居不可能没有注意到。

公寓的一楼放着各个住户的邮箱。

我偷偷看了一眼，公寓一共有八个房间，每个房间的邮箱都塞满了传单。

单从邮箱的状态来看，好像没有任何人住在公寓里。

我战战兢兢地爬上楼梯。男人在上了楼梯后的第二个房间。我拿手帕包住手，按响门铃。没有任何反应。门的边上有窗户，但是窗户装上了磨砂玻璃，看不清里面的情况。

我走到走廊尽头，这里没有任何生活气息。可能白天大家都出去上班了，可是这里的空气也未免过于混浊了。

我放弃搜寻，走下楼梯。刚下来就遇见一位骑着自行车的中年女性，她一脸疑惑地看着我，看样子像是刚买完东西回来，应该是附近的居民。

"是推销的吗？那个公寓没有人住的。"

确实，我今天的打扮就像是一个保险推销员。我鼓起勇气问她：

"我朋友以前住在这里，现在大家都搬走了吗？"

"嗯，这里好像马上要拆了，听说会建栋新的。"

"要拆了？"

我不禁反问。

"很早以前就决定要拆了，但是听说有人一直不肯搬出去。里面好像还住了黑社会的，附近的人都很害怕。公寓的房东过世了，基本没人管理，一直空着对附近的治安也不好。这下终于要拆了，可以松一口气了。"

"原来是这样啊……"

女人和我告别之后便骑上自行车离开了。我目送着她。

两个星期过去了，那天特别冷。

听说晚上要下雪。我不喜欢下雪。虽然东京也不怎么下雪，但比大阪和福冈还是下得多，有时还会积起来。调到东京第一年的那个冬天，我在一个下雪天摔了一跤，把腰摔伤了。自那以后，每次要下雪时，我就穿雪地靴去上班。

傍晚，我站在收银台前，一个身穿西装的男人走了过来。

男人三十五岁左右，看上去温文尔雅，不过应该不是普通的工薪族。

"你是户塚友梨吧？很抱歉在你工作的时候打扰你，想找你了解一些事情可以吗？"

"呃……"

请问你是哪位？我刚想问，就看见他从上衣口袋里掏出了一个什么东西。

虽然只是一闪而过，但我还是注意到了那是一张警官证。不知道是不是真的，但我不想引起其他店员和客人的注意。

"可以等我二十分钟吗？马上就到休息时间了。"

"好的。对面大楼的一楼有一家咖啡店，我在那里等你。"

说完，他便离开了。我还以为我会被强行带走，看来是虚惊一场。

难道警察已经掌握到我杀人的线索了？除此之外，应该没有其他理由了。

如果我现在选择逃走，他们会追捕我吗？可是，我又该逃去哪儿呢？

我没有想去的地方，也没有想做的事情，要抓就抓吧。

我突然想起里子。

到头来,我觉得人一旦脱离轨道,根本就没有从头再来的机会。

里子代替我成为那个脱离轨道的人。

就算以后我不能继续行走在轨道上,那也不是什么不幸的事情,不过是获得了很长一段时间的缓刑期而已。

迷迷糊糊地想着这些,二十分钟眨眼就过去了。我和同事换好班,脱下围裙走出了书店。

咖啡店靠里的座位上坐着刚刚来找我的那个男人,他身边还坐着另外一个男人,五十岁左右的样子。

我在他们面前坐下,向服务员要了一杯咖啡。

"工作时间打扰您,真是非常抱歉。休息时间是一个小时对吗?您吃饭了吗?"

年龄较大的男人说,出乎意料地有礼貌。

"今天是晚班,下午才从家里出来。晚饭准备回去再吃,您不用介意。"

年龄较大的警察名叫桥本,年轻的说他叫夏目。夏目又出示了一遍警官证,然后说:

"请问,户塚小姐认识一位名叫坂崎真帆的女士吗?"

我眨了眨眼睛。

"认识,我们在同一个初中,以前是朋友。"

隐瞒这些没有意义,很快就会被发现。

"最近,坂崎小姐有没有联系你?"

"好像去年她给我老家打过电话。我爸妈还住在大阪,我已经离开家很长一段时间了。"

"仅仅是这样吗?"

"仅仅是这样。"

元旦的时候,在店里遇见过她一事好像也可以说,但是没有必要特意提起。

"她给你老家打电话?也就是说,你父母还没有把你现在的电话号码告诉她,是吗?"

"说是告诉了,但是她没有给我打过电话。"

"她没有打给你吗?"

我摇摇头。

"看到陌生号码,我有时候不接,所以不是很确定,不过应该没有。"

"你最后一次见她是在?"

我想了想。去年年底再往前的话,最后一次见面究竟是在什么时候呢?

"高中的时候吧……应该是。她上了神户的私立高中之后,我们就没有什么见面的机会了。后来,她要到东京上学,然后搬家了……自那以后,我们就再也没有见过。"

夏目和桥本对视了一眼。很明显，这不是他们预料之中的答案。

"完全没有见过？"

"嗯，上大学的时候，我好像给她打过几次电话，后来就没有再打了，她也没有打给过我。"

这并不假，直到去年再见，我们没有任何联系。

我和真帆的关系是一根非常纤细的线，什么时候断开都不奇怪。

夏目小声干咳了几下。

"坂崎小姐好像对身边的人说你是她最重要的朋友，你对此有什么想说的吗？"

我应该是一脸的匪夷所思。这不是演戏，是单纯地不可思议。

"你觉得很意外吗？"

"嗯，毕竟我们已经十多年没有再见了。"

元旦那天见到的真帆穿着华丽的服装，和同样光鲜靓丽的朋友有说有笑，看上去像是完全把我忘了。

可我还是会想起她。上初中时的真帆也是这样，时髦、特别，却总是孤身一人。

"很高兴她能这么说。可对我来讲，那都是过去的事情了……我担心坂崎同学现在是不是没有朋友。"

难道你有朋友吗？斜睨上方，客观的我在冷笑。

我手机里存着几个同事的号码，偶尔也会和他们一起吃饭。他们也可以算作朋友，但是他们与真帆还有里子有根本性的区别。

"原来如此，不好意思占用您的时间了。"

这就结束了吗？我张开嘴，却找不到一句能说的话。我拼命寻找着不那么奇怪的话。

"坂崎同学，她怎么了？"

"她有点不动产上的纠纷，我们正在向一些知情人士做调查。"

"她不会是遇到什么意外了吧？"

"不是的，您别担心。"夏目笑着说。

我也眯起眼睛笑了。

"那就好。"

我好像比自己想象中更会撒谎。

夏目俊弥脸上的表情偶尔会让我想起前男友。

我对他微笑了好几次，盯着他的眼睛一动不动。

直觉应验了。三天后，夏目再次来到店里，这次是一个人。那天是早班，我们约好工作结束后一起去吃饭。

我们到居酒屋喝了酒。我平时几乎只喝一些软饮，这次也喝了一杯啤酒。一杯啤酒我还是能喝的。

那天晚上，我们说了一些无关紧要的话就各自回去了。第二次约会是在下一个星期。我们正在意大利餐厅吃饭时，他的手机响了。是警察局打来的电话，他主菜都没吃就跑去工作了。

我一个人吃下海胆意大利面和炖小牛胫之后把服务员叫过来准备结账。没想到服务员竟然说：

"您的同伴已经结过了。"

下一次约会的电话很快就打过来了。

"抱歉，昨天突然就走了，可以让我弥补一下吗？你什么时候有空？"

我开玩笑说：

"我感觉你可能还会吃到一半就把我一个人撂下……"

"所以，你生气了？"

"不是啦。工作嘛，你也没办法。我没生气，你别在意。"

"可我很介意。"

"那我们去吃寿司吧。回转寿司也行。"

吃寿司的话，就算中途他被叫走，我们也可以立即结束用餐，收拾东西离开。我不会再和夏目去吃套餐了。

他没有带我去吃回转寿司，我们去了一家味美价廉的寿司店。那天，他的电话没有响。

"好想去友梨家看看啊。"

离开寿司店后，他撒娇似的说。我并不介意，我预感到可能会发生这样的事情，出门的时候已经收拾好了房间。

我们在便利店买了啤酒和下酒菜之后，去了我家。

今年冬天，我实在扛不住严寒，买了一个被炉。他把脚伸进被炉，打开了今天的第四罐啤酒。

我喝着苏打水，看着他惬意地打开啤酒罐。

我终于问道：

"夏目君是警视厅的刑警吧？是哪个课的？"

他平时从不和我说这些事情，也许是喝了点酒，口风不那么严了。他说：

"搜查一课。"

在寿司店喝下的啤酒一下子醒了，我装作若无其事地说：

"哇，是调查杀人案的吧？所以说，真帆有杀人嫌疑？"

"不是，她有不在场证明。她当时虽然在犯罪现场附近，可是无法到现场作案。"

那个公寓距离车站步行二十分钟，打车的话是五分钟左右。就算五分钟过去，然后五分钟回来可能也要花上二三十分钟。

从那个地方出来的时候根本打不到车，让司机在那边等的话，又很容易给司机留下印象。而且，现在每个出租车公司都有乘车记录。

"所以，我们怀疑有同伙。"

为了稳定情绪，我又喝了一口杯子里的苏打水。

"她杀了什么人啊？"

"坂崎真帆继承的一栋旧公寓里住着一个之前在黑社会混过

的男人。男人一直不肯搬走，当然也不付房租。因为他有暴力倾向，谁也不敢去赶他。那家伙去年被人杀了。很多人觉得应该是以前在黑社会的时候惹下的祸，但是桥本先生觉得坂崎真帆很可疑。只要男人死了，她就可以拆了公寓建一栋新的，然后大赚一笔。反过来，如果继续这样下去则会亏一大笔。"

"她男朋友之类的呢？"

"她没有男朋友，女性朋友倒是有，但是没有发现那种愿意为她冒险杀人的朋友。"

"也是，女性之间其实格外冷漠。上初中时的好朋友，初中一毕业就几乎再也不会见面。高中和大学也是，顶多过年的时候寄寄新年贺卡，了解一下近况。"

我的大脑发出警告。不能说太多话，言多必失，越描越乱。

不能提的事情就不要提，其他事情尽量讲真话。

夏目依旧把腿放在被炉里，仰着脸躺在地板上。

"这里好舒服啊……"

"可能是因为房子比较窄吧。"

接下来该做爱了吧？他带避孕套了吗？

我没有避孕套，我以为再也不会有这样的机会了。

我飞快地设想着接下来会发生的事情。没想到他却没有了动静，我看了他一眼，他已经在被炉里睡着了。

我感觉自己就像个傻瓜。

我现在知道自己杀的是什么人了，或许也知道真帆为什么要让我杀他了。可我还是觉得奇怪。道理上我已经接受了，可感情上却无法接受。或许我只是希望自己能相信她。

　　真帆为什么说我是她最重要的朋友呢？

8

夏目第二天醒来简单地漱了一下口就回去了。

"我后面再给你打电话。"

他开心地说,我笑着点点头。

没有接吻,也没有提出要交往。这让我感到舒心。要是进展到那一步我不介意,现在这样什么都没发生也挺好。

我可以免于受到负罪感的折磨。

我并没有喜欢上他,我只是让自己看上去像是喜欢他而已。

现在想想,我的人生仿佛一直在演戏。对待之前那个男朋友是这样,因为他对我好,所以我才表现出喜欢他的样子。演得多了，时间长了之后，我已经分不清自己是在演戏，还是说这就是我的真实感受。

夏目也一样，或许有一天我会喜欢上他，但不是现在。

所以，我也不希望他喜欢上我。

我不管他是想利用我了解真帆，还是说其实是在怀疑我，都无所谓。当然，以普通朋友结束这段关系也可以，就这样突然结束，以后再也不见也行。

或许我已经放弃了对人有所期待。

即便如此，他是我联系上真帆唯一的线索，现在我还不想放手。

我自己也觉得不可思议，这份感情中怎么会带着凄凉。

书店稍微不那么忙的时候，我翻开一本刑法书。

"教唆他人犯罪造成犯罪事实既遂者，处以与正犯相同的刑罚。"

看到这一句，我合上了书。

也就是说，真帆应该不会告发我。要是我说出背后有她的指使，她也会成为杀人犯，而且她还谎称对方是她的丈夫，且对她实施了家暴。我没有杀人的动机，可真帆有，她应该会受到严厉的追究。

我不确定有没有留下证据，但我可以证明房间内的样子以及作案方式。

我整理好书架回到岗位上。

也许未知才是最大的恐惧。真帆出于什么样的意图骗我杀人，要是我知道这一点，或许心里就会轻松一些。

我早就做好了被警方逮捕、坐牢，以一个杀人犯的身份活下去的准备。从十四岁开始，我每一天都在想这些事情。

我本来想去图书馆翻一翻报纸，看看与案子有关的报道，可我实在没有勇气。我不确定夏目以及其他警官什么时候会怀疑我。

他们现在应该还没有怀疑我吧？

我和真帆已经很长时间没有见过了，除了年末的那天。我有正经的工作，还有存款的习惯。

他们应该不会只因为真帆说我是她"最重要的朋友"就对我起疑了吧？

要追溯我为真帆杀人的理由，就必须追溯到上高中一年级的那个暑假。不，可能还要更早，或许是上初中二年级的那个冬天。可能还得继续往前？直到我和里子相遇的那一天。

警察能追溯到那么远吗？

我不确定他们是否掌握了物证。要是在房间里发现了我的头发、指纹之类的物证，那么就算我没有动机也会被怀疑。

虽然我有一点存款，但这并不能说明我不会为钱所动。而且，就算我没有这方面的动机，警察也可以认为我是重感情。

我突然意识到,身为刑侦人员的夏目,来我家不会是为了采指纹吧?

如果真是这样也没关系。要是我留有物证的话,从我进入警方的视野范围的那一刻起,我就已经输了。对方可是警察。

而且,以谈恋爱为幌子采集指纹好像是违法的,之前在悬疑小说里看到过。

就算不这么做,警方也有各种搜集证据的办法,不需要采取这种会遭人诟病的手段。

我陷入了沉思。

我现在不需要着急联系真帆,可我想知道她在哪里。

我会想起直子,是因为她是唯一还会和我互相寄新年贺卡的初中同学。

初中二年级分到不同的班级之后,我们最多在学校走廊里遇见时说说话。我因为里子而自我封闭之后,她依旧每年都给我寄贺卡。

"你还好吗?""好想再见到你啊。"贺卡上总是留有手写的问候。每次看到这些话,心里都像是亮起了一盏温暖的灯。

新年贺卡是我们唯一的联系方式,也许很难说我们还有联系,但这份距离感令我感到舒适,所以我也会给她寄贺卡,每次搬家都把新地址告诉她。

去年，她因为丈夫的工作调动搬到了神奈川县，所以她今年的贺卡上写着：我们又离得很近了，今年一定要见一面。

或许联系一下也无妨。

我给贺卡上的邮箱地址发了一封邮件。

我并没有期待对方会回复，不过还是很快就收到了回信。

"友梨？好久不见，很高兴你会给我发邮件。你工作怎么样了？我已经完全是一个老阿姨了。"

她的贺卡上印着她孩子的照片，所以我每年都能见到她女儿千沙子的样子。直子自己的变化反倒不太清楚。

话题继续展开，我们终于约好在下一个休息日见面。

虽然直子和真帆的关系不怎么亲密，但是因为我毕业前夕便开始自我孤立，所以直子比我认识更多初中同学。她虽然经常和我们在一起，但是也认识很多其他的朋友。

现在，她的丈夫的工作调动多，她也跟着到处跑。但是，在和丈夫结婚之前，她一直住在老家，连家都没有搬过。她应该知道很多同学的消息。

约好时间和地点后，我放下手机，松了一口气。

我其实有点担心，虽然每年都在互寄贺卡，但是一旦真的见面，对方会不会退缩？

要是直子突然提出"我们见面吧"，我会乐意和她见面吗？我不确定。应该不会拒绝，不过可能还是会隐约地觉得奇怪：

她会不会想拉我入教？她是不是在做传销？还是说，她想让我买整形内衣或者是画作之类的？

直子现在或许就是这么想的。

就算她这么想，我也不会觉得难过。我确实另有所图。

手机收到一条短信。是夏目发来的。

他约我下一个休息日一起出去吃饭。我和直子约的是白天，晚上是有空的。

我给他回信。

明明就是一些掺杂着谎言的约定，我却满心欢喜。

和直子见面的地方约在她家附近的站前商业区。

从我家过去花了一个多小时，但是直子现在不能离开家太久。她女儿千沙子还在上小学二年级，下午就会从学校回来。千沙子的年龄还小，直子不放心让她一个人长时间待在家里。

我自己一个人，怎么都无所谓。

我忐忑地挑选着衣服。和前男友以及夏目见面时，我从来没有为自己的服装烦恼过，不知道为什么，我不想让直子觉得我很穷酸。倒不是说想让她觉得我很富裕，我也没有那样的衣服，至少想让自己看起来不是那么不幸。

一通纠结之后，我穿了一条卡其色的羊毛连衣裙，出门前用吹风机打理了一下平时总是扎成马尾的头发。

走出检票口后,我环顾四周寻找直子。

"友梨!"

一位穿着白色羽绒服的、优雅的女士走了过来,是直子。

如果在陌生的地方遇见,我肯定认不出来。

"好久不见!"

简直难以置信,我们已经二十年没见面了。比我的半辈子还长。

"真抱歉,突然约你。"

"不会啊,我很开心的。我们才刚搬过来,还没有什么朋友。刚好你在东京,我当时还想,要是能见到你就好了。"

我心里有点愧疚。

"千沙子还好吗?谢谢你每年都给我寄贺卡。"

"没有啦,用小孩子的照片做贺卡是不是很不好看?不过也有人喜欢,所以……"

"我也很喜欢。"

这并非假话。千沙子还是个宝宝的时候就可爱得令人着迷,现在越来越像直子了,同样非常招人喜欢。

我们走进车站前的咖啡店,坐在靠近大门的位置。直子把烟灰缸拿到自己面前。我没想到她会抽烟,有点诧异。

直子和我说了一会儿她这些年的经历。从短大毕业后,她在保险公司工作了一段时间,然后就结婚了。她老公的工作每两年就会调动一次，所以她很难继续工作下去。

"明年又得调动，真是烦死了。我倒还好，就是千沙子太可怜了，好不容易熟悉的朋友马上又得分开。"

"是啊……"

"上小学和初中的时候还好，上高中之后总不能随便转学吧。可能会让他一个人去赴任。孩子上大学得出去自己住，又是一大笔开销。友梨你呢？你也有很多调动吧？"

"我一个人比较轻松，可以去很多地方还挺开心的。"

小时候，朋友就是整个世界。那个时候，频繁经历的离别和今天刻意选择的漂浮不定的生活完全是两码事。

寒暄告一段落，我试图切入正题：

"我之前在店里碰见真帆了。"

"欸？好怀念啊，她还好吗？"

"嗯，她看起来特别艳丽，就像变了个人，我没敢上去打招呼。"

"欸？！为什么？你们之前关系那么好。"

直子满脸的难以置信，也许是想起了上初中时的什么事情。

"毕业之后，你们见过面吗？"

"没有啊，她不是去神户上高中了吗？"

我有点失望。看来，自那以后，直子再也没有听到过真帆的消息了。

"不知道高中转学方不方便，好想问问她啊。"

直子满心惦记着女儿。我把话题拽回来：

"上初中时的那些朋友，你现在还会见到她们吗？"

"会啊，我和友美一直有联系，会相约见面，还有就是……"

除了友美，其他人我连名字都忘了。我实在是太薄情了。

"日野里子，你还记得吗？"

预料之外的名字突然冒了出来，我震惊不已。

"记得啊，我们以前住在一个团地。"

"欸？是吗？你们关系好吗？"

"小的时候还可以，直到小学的二三年级吧。"

直子压低声音，像是要透露什么秘密：

"她啊，和细尾结婚了。"

不是不惊讶，是惊讶中带着"啊，果然如此"的感觉。

到头来，我觉得人一旦脱离轨道，根本就没有从头再来的机会。步和我是同一种人。

细尾和里子，两个同样脱离轨道的人，他们走到一起了吗？

"我有一次见到了他们，大学的时候。"

"嗯……换我肯定不行。他可是个杀人犯。我永远记得他对理菜子做了什么，我绝对不会原谅他。"

心直口快的直子让我肃然起敬。我的胸口隐隐作痛，我说道：

"里子她……后来不也出事情进了少年院吗？所以可能对细尾有不一样的感情。"

"可是，里子当时是情况比较危险。听说被杀的那个男的之前干过好几次类似的事情，他自作自受。"

"嗯，没错。"

不应该轻易回想往事的。那里埋着的只有伤口，每次挖开来都丝丝作痛。

我尴尬地笑了笑。

聊了两个多小时后，我们在车站告别。下一次见到，可能又是二十年后。

夏目迟到了一个多小时。

我坐在咖啡店等他，漫无边际地想着里子。

她和细尾结婚并不是什么值得奇怪的事情，我却久久不能平静。就像是某件非常重要的事情藏进了心底，一定是有什么我还没有想起来。

我突然意识到。

高中毕业后，里子曾找过真帆。

在迪士尼和我见面之后，她对真帆起了疑心，于是去质问真帆。也就是说，也许里子现在依然留着真帆的联系方式。

那个时候，真帆还在上大学。她是在东京上的大学，所以应该是住在家里。如果房子是自己家的，才十多年的时间，可能还没有搬家。而且，她爸爸开了一家不动产公司，真帆还在那儿工作，父女之间还有联系。

就算警察知道我在打听真帆的联系方式，他们应该也不会马上就怀疑我。没有人会为一个连联系方式也没有的人去杀人。而且，他们曾经说真帆将我视为她最好的朋友，我可以以此作为我想重新和她取得联系的借口。

找到里子现在在哪里比找到真帆应该容易很多。

我给家里打了个电话。

电话是妈妈接的。

"妈，你还记得日野同学吗？"

"记得啊，咋了？"

和母亲说话时会不自觉地用关西腔。

"她结婚了，你知道吗？"

"啊？是吗？她搬家之后就很久没见过了，我不知道啊。不过，能结上婚真是太好了。"

胸口一阵刺痛。

妈妈之所以会说"能结上婚真是太好了"，是因为"她之前还进过少年院"，还是"她杀过人"？

妈妈是一个普通得不能再普通的人，我很早便对此感到窒息又束手无策。我总是想，要是她生的不是我这样的女儿就好了。

"所以，妈，你知道日野同学家搬去哪儿了吗？"

"我们没有和他们家互寄贺卡，不过C栋的武田太太和她们家走得很近，我问问吧。你找她有什么事吗？"

"嗯，上初中的时候和她关系很好的一个同学说想联系一下她。"

并没有这样的同学。

"你看人家里子都结婚了，你就一个合适的对象也没有？"

"没有啊，哪儿有。"我永远不会有这么一天，我笑着对妈妈说，"那就先这样吧，我挂了啊。你知道了给我打个电话或者发个短信吧。"

我说完便挂了电话。

妈妈那一辈人应该会规规矩矩地互寄新年贺卡，而且也没有什么保护个人信息的意识。她们所感受到的时间的流逝速度也比我们快。

我把服务员叫过来，要了一杯橙汁。

已经快九点了。我正准备给夏目发个消息然后回家的时候，他气喘吁吁地进来了。

"抱歉，一个会拖了很久……"

"没关系，反正我今天休息，而且我可以多看会儿书。"

而且，今天为了见直子，来回路上要用很长时间，所以没有其他安排。

"不过,明天要上早班,今天要早点回去。"

他显得有点难过。我有点心痛。

我不觉得他是在真心和我谈恋爱,我也一样,我们都在试探。

不过,要是他真的越来越喜欢我……

我有点动摇,又觉得荒唐可笑。

他在调查的那个案子,犯人正是我。

几天后,我下了晚班后从储物柜拿出手机。收到了好几封短信。

这并不常见。平时几乎没有,顶多只有一封。

第一封是妈妈的。

那是从团地其他住户那里打听到的日野家的地址,是大阪一个离我家不远的地方。可惜没有电话,不过有地址就可以写信,还可以在回老家的时候顺路过去。

里子完全和家里断绝了关系也不是不可能,不过就算这样也总能找到一点线索。

我继续查看短信。下面是其他分店同事发来的关于共同举办活动的邮件和直子的短信。

我正准备打开直子的短信,就听见店长叫其他同事尽早下班。

最近为了节省电费,一到时间,整个楼层就会强制停电,我们必须赶紧回去。

我走出书店，乘上拥挤的电车。

我没想到会收到直子的短信，我以为我们暂时不会联系了。她说她在东京没有朋友，非常寂寞，看来是真的。

我在电车上打开手机。

"你知道，日野同学和细尾不是结婚了吗，我前两天和我弟弟打电话，吓了一跳。他说细尾死了，被人杀死的，还上了报纸。"

"哐当！"电车摇了一下。我立即失去平衡，慌乱中抓住吊环。

直子的弟弟之前也是一个不良少年。前两天，听直子说他现在已经有了正经的工作，还结了婚，生了孩子。也许正因如此，他知道不少关于细尾的事情。

"说是他之前进了黑社会，可能是因为那个惹了不少事吧。日野同学命好苦啊，好可怜。我之前没能理解她，感觉有点过意不去。"

电车满载着乘客在夜里穿行。我给直子回信：

"你不用感到过意不去。进了黑社会，说明他可能干了什么招人记恨的事情。"

车内接近满员，耳边明明应该有说话声和车轮摩擦轨道的声音，我的脑子里却一片寂静。

有很重要的事情必须想起来！

我杀死的不会是细尾吧？

怎么会呢？不可能。我无数次这样对自己说。

我很久没见过细尾了。十五年前瞄了一眼之后，就再也没见过。初中同班时，我因为害怕，所以从来没有认真看过他长什么样子。我只想快点忘记他。

杀死的那个男人体态臃肿，所以我不是很确定。

可现在一想，他似乎还真的有点像细尾。

不可能。一切都不过是我的胡思乱想罢了。

真帆没有任何要杀死细尾的动机。

想到这儿，我突然意识到：动机是有的。

她想拆了那栋公寓楼。

可里子在哪儿呢？和细尾结了婚的里子那天并不在那个房子里。

头很痛。脚下软绵绵的，像是要瘫倒在地上。

我洗完澡吹干头发，刚钻进被炉，门铃就响了。

看了一眼时间，已经过了十二点。我疑惑地看着自动门显示屏中玄关外的样子，门外站着夏目，他咧开嘴"嘿嘿"地笑着。

"抱歉，是我，嘿！"

看来是喝醉了。我打开自动门，这么冷的天，要是在外面冻死就完了。

我把走到家门口的他领进门，他一边说着"好冷啊"，一边钻进被炉，衣服也没脱。随后，惬意地躺成了一个"大"字。

"喝了不少吧？"

才约会了三次就大晚上醉醺醺地跑到我家，多少显得有点厚颜无耻，不过刚好有一些事情想问他。

"快，把大衣脱了，给你条毛毯。"

我把他的大衣脱下，挂到衣架上。他的脚完全没有离开被炉，只是拿毛毯裹住了上半身。

我端详了一会儿他的脸，他就已经开始打鼾了，看来真的是醉了。我本想任由他躺着，不过还是试着搭了搭话：

"我听初中的同学说起……你上次说的在真帆的公寓里遇害的人，不会是细尾步吧？"

他迅速翻了个身，睁开眼：

"嗯……对……啊！你们是一个初中的啊……"

果然是。我调整好自己的呼吸，装作若无其事的样子。

"细尾住进真帆的公寓，是偶然吗？"

"不是，他们以前是初中同学，所以图了个方便。不过嗯……要说他们的关系其实也就这样，除此之外好像没有更多往来，也没有什么过节。"

"细尾君是不是结婚了？"

"他老婆在住院，孩子交给了家里的老人。"

"住院？"

我过于吃惊，声音有点失控。

"从楼梯上摔下来脚踝摔骨折了。现在已经出院了，回了老家。"

"这样啊，太好了……"

他眼看要闭上的眼睛又突然睁开。

"细尾的老婆你也认识吗？"

就算撒谎也马上会被识破，我还是说实话吧。

"我们住在同一个团地，大概在小学二年级之前经常在一起玩。后来，我们都长大了，就不怎么玩了。"

"嗯，也对。你和他老婆完全不是一个类型的。"

我笨拙地笑了笑。也就是说，他已经见过里子了。

"里子还好吗？"

"嗯……虽然受了伤，不过还好。细尾步动不动就打她，所以丈夫死后，细尾里子估计也松了一口气。"

"嗯。"

可里子并没有遭到警方的怀疑。如果是在住院的话，说明她有完美的不在场证明。

"对了。"我循声看向夏目，他抬起头直视着我，说道，"细尾里子和坂崎真帆以前上初中的时候关系好吗？"

没必要撒谎，我只说实话：

"不好，她们应该都没有说过话。"

我想象着到底是怎么回事。

也许是里子提出来的，就像她高一那年对我提出把她外公杀了那样。里子知道那天杀死她外公的不是我，而是真帆。她手里有真帆的纽扣。虽然不知道能不能成为证据，但是一定可以威胁到真正动手杀人的真帆。

和上次恰好相反，这次真帆选择了让我动手。上高一那次，真帆和我都没有动机，但是这次她有，她很可能被警方盯上了。

没有动机，且长时间没有任何联系的我则不会被怀疑。

我似乎终于理解了真帆的行为。

这是上高一那个夏天的翻版。

就像是对着镜子反向描绘同一幅画那样。如果是这样的话，让我代劳，她应该不会有任何负罪感。

或许警察更愿意相信她是为了钱而找人行凶的。只要警方一直执着于这个动机，他们就永远不会想到我会为她杀人。

我突然意识到：里子知道杀死细尾的是我吗？

下一个休息日，我早上七点就出门了。

前一天上晚班，睡眠时间完全不够。不过没关系，在新干线上补觉就好了。

我买了一张从东京前往新大阪的车票，找到自己的座位，坐下。因为是工作日，很轻松就订到了靠窗的位置。

明天还要工作，我必须当天回来。

东京到大阪单程两个半小时，往返五个小时。比起单程三个小时以上的时候，东京与大阪之间的距离感觉缩短了不少。不少干销售的人选择当天往返。

不过同样是两个小时，新干线比以往的铁路线更加累人。疲劳似乎是与距离成正比的，而不是时间。

明明困得很，但是新干线开动后，我整个人却瞬间清醒了，完全睡不着。于是，我一动不动地盯着窗外。

富士山被雾气团团围绕，完全看不见。

我在新大阪下车，换乘以往的铁路线。

第一次没有联系父母也没有联系朋友就突然回来，时间充裕的话，回东京之前想去看一下外公。

到站后，我走下电车。以前，我曾无数次从这个车站经过，但在这里下车还是第一次。

我站在车站，站在曾经见过无数次的车窗外的景色中。

前往目的地的路线已经在网上查好了，地图也打印出来了。

那是一个有很多坡道的、恬静的住宅区。虽然只有一小段路，氛围却和我住的地方完全不一样，味道也完全不一样。

这里有很多老房子，几乎没有集体住宅之类集体规划的建筑。我莫名觉得有点呼吸困难。

随着不断接近目的地，我越来越不安。也许我不该来。

眼前出现了一个小公园。我走进公园，打算冷静下来好好想想，趁现在还来得及回头。我可以只去探望一下外公，然后就回东京。

有个妈妈带着孩子在沙坑里玩耍。我看着她们，找了个长椅坐下。

孩子穿着厚厚的羽绒服，样子十分可爱。三岁左右吧。

妈妈披着一头长发，身材纤瘦，脖子细长。脖子到后脑勺的部分看起来有点熟悉。

我不禁站了起来，喉咙发不出声音。

也许是感觉到了我的视线吧，她回过头来，睁大了眼睛。

十多年没见了，我们还是一眼就认出了彼此。

"友梨？你怎么会在这儿？"

里子的声音低沉。

我是来看你的。

里子牵着孩子向我走来。

"怎么了？你不是在东京上班吗？回来了？"

"嗯，在东京工作，今天回来一趟……"

其实是想向你确认，看看我的推理是否正确。

我一句话也说不出来。

因为你在微笑。

突然见到以前的朋友，你很惊讶，却满脸开心。

"我到附近办点事,刚好经过这里。看背影有点像你,没想到还真是。"

我把地图塞进大衣口袋里。

"我之前也一直住在东京,最近才回来的。以前住的那个地方突然不能住了,现在住在家里。过一段时间再出去,我不是很喜欢家里的人。"

"这样啊……"

里子在我旁边坐下。看到孩子的脸,我一时难以呼吸。

"依子……"

女孩是依子,是当时真帆带到我家的那个女孩。

"欸?你怎么会知道她的名字?"

我急忙露出笑容。

"啊,是 C 栋的武田太太告诉我的……"

"这样啊,你爸妈还住在那个团地吗?"

依子默默地拉住我的手。幼儿独有的湿热的触感。

"真难得,这孩子平时特别怕生。"

里子站起来,走开几步,随后从口袋里掏出香烟和打火机。走开几步应该是为了不让依子吸到二手烟吧。

她点燃一支烟吸了一口。

"我还没定好要去哪里,不知道哪里有那种适合单亲家庭居住又能找到工作的地方,就算做个招待接接客也行。"

"东京和大阪都不行吗？"

"东京也可以，但是房租太贵了，要做招待的话肯定得住市区。住大阪，我爸妈又得说三道四，烦死了。"

她又吸了一口烟，将烟灰弹入随身携带的小型烟灰缸里。

"不过，现在真帆在帮我找。你还记得吗？真帆。"

"记得……你和她的关系很好吗？"

"我之前租的是她的房子，相当于房东和房客。她给我出了很多主意，晚上还帮我带依子。帮了我很多忙，像亲人一样。"

"我从上高中那会儿就再也没有见过她了。"

"她也是这么说的。"

依子撒娇似的把身体靠在我的膝盖上。我轻轻摸了一下她的头发，她的手掌热乎乎的，头发却冰冰凉。

我坦白地问道：

"听说，细尾同学死了？"

里子大笑。

"怎么回事，友梨？你知道不少关于我的事情嘛！听谁说的？"

"直子，还记得吗？"

"啊，阿光的姐姐，是吧？"

直子的弟弟原来叫这个名字，我连他的长相都记不清了。

"步啊，已经没救了。在组里总是把事情搞砸，组里交代他一个活儿，结果却遭别人携款潜逃。我就知道他迟早有一天会完蛋。大哥觉得他实在太窝囊了，都懒得处理他。但是，你看这个……"里子拉下衬衫的衣领，皮肤烂糟糟的，像是烫伤，"我下班回来，结果他却怪我回来得太晚，把烟头摁在我身上。傻了吗？接客也好，出去卖也好，哪个不得靠这个身体做本钱？他可好，把自己的女人弄得浑身是伤。"

"太过分了……"

我的声音在颤抖。里子震惊地看着我。

"没关系的，反正那家伙现在已经死了。他还活着的时候，我本来盼着他有一天能成为一个正经人。后来想想，他上初中二年级开始就没干过什么正经事了。"

里子把烟在烟灰缸中摁灭，然后在依子身边蹲下。

"或许我很多地方都错了，但是我不会重蹈覆辙了。我不会让这孩子受到我这样的折磨。"

我满脸泪水，里子却发出欢快的笑声：

"友梨，你哭什么呀？"

"都怪我……都是因为我……要是你没有替我顶罪……"

"其实，应该也不会有太大变化。我可能会自我封闭，然后步闯进我的世界，我还是会和他交往，经历一样的事情。"依子一脸好奇地看着我，里子继续说，"我觉得吧，没有人能真正改变别人的人生。"

那天的故事到这儿就结束了。

商量下一次见面的时间时,户塚友梨突然说:

"下一次应该就可以全部讲完了。"

我也注意到她的故事正逐步走向结局。

故事中的友梨现在是三十四岁。如果她和我同岁,剩下就还有十三年,但是并非所有时间都有故事发生。

到了一定年纪后,一年的时间眨眼就过去了。像我,回想起来的话,除了工作和旅行,没有什么值得谈的事情。换句话说,这就是安稳。

几天后,住在附近的妈妈来我家。

不知道为什么,她竟声势浩大地拉了一个旅行箱过来。

"那是什么?"

"你的相册之类的,翻抽屉的时候找到了,给你带过来。"

妈妈现在正在收拾老家的房子,说是扔了很多存放了四十年以上的东西。

我对自己的相册什么的一点兴趣也没有,她直接扔了我也不会有任何意见,但是妈妈好像不大方便扔。

妈妈把我的相册堆到客厅就回去了。

我习惯性地把手伸向相册,突然发现:里面有初中的毕业照。

我把相册从箱子里拿出来,打开。我初中二年级、三年级都和户塚友梨她们在不同的班级。

继续翻看相册。自己班的同学基本上还记得，其他班的同学却几乎没有印象了。

视线落到那个班的照片上。首先映入眼帘的是日野里子的名字。我记得她，是个脸小的漂亮女孩。

户塚友梨和坂崎真帆应该也在那个班，我寻找着她们的名字。终于找到了户塚友梨的名字，我睁大了眼睛。

照片上的少女和我见到的女人没有一点相似之处。

化妆和整形不可能做到这个地步，脸部轮廓都完全不一样。我所见到的户塚友梨是单眼皮，脸部清瘦。毕业照上的她却下颌饱满，面部线条圆润，而且是双眼皮。

我继续翻看其他照片，简直难以相信自己的眼睛。

我前几次见到的女人，她身穿土气的校服，以少女的样子出现在了相册里。

到底是怎么回事？

她并不是户塚友梨，而是坂崎真帆。

9

自杀之前,人会打扫房间吗?

我看着自己的"小城堡",陷入了沉思。可能爸妈会把这个房间收拾干净,将为数不多的遗物带回老家或者处理了吧。就算扔了也没关系。

考虑到工作调动,我没有添置过多的物品,收拾起来应该花不了多少时间。真是万幸。

工作上关系很好的同事应该会吓一跳吧,他们应该没有人会想到我是那样的人。

或许也曾有过稍微亲近的朋友,可我也从来没有好好面对过他们。只是碰巧在一个地方工作而已，离开之后就再也不会见面。也好，对他人毫不关心的人不配得到别人的关心。

只是多少会打乱他们平静的生活，对此我很抱歉。离职申请书已经装进信封交出去了，相关情况确定之后，应该很快就能得到受理吧。

父母应该会很难过吧，不过我似乎对此并不在意。

爸爸和妈妈隐约注意到里子受到了虐待，却选择了沉默。这件事的结果经过了几个轮回，最终造成了眼前的现实，仅此而已。

我不想责备他们，也不觉得抱歉。

我现在要去警察局，去自首。

告诉他们，是我杀了细尾步。

我以为会在警局被当场逮捕。

没想到警方把我带到一个类似于审讯室的地方仔细询问，让我在笔录上签字后，就让我回家了。

仔细想想，他们也不确定我说的是不是真的，也可能是为了包庇真凶过来假装自首。

在回去的路上，我找到一个公用电话，拨通里子告诉我的那个电话号码。几声铃响后，听筒传来熟悉的声音：

"喂？"

我慢慢开口，借此稳定情绪："我自首了。"

电话那边的真帆沉默着。

"为什么……"

"别担心,我不会提起你。"

"你提啊,你倒是提啊!"

"我不会提的,是你在保护里子吧?"

上次见过里子之后,我终于明白,真帆想努力保护里子和依子。

她不能自己杀死细尾,因为她有动机。要是没有不在场证明,她肯定是第一个受到警方的怀疑的。要是她被抓走了,就没人能保护里子母女了。

而我没有动机。很难想象一个人会拜托十多年没见的朋友去帮忙杀人,就算没有不在场证明也不会被怀疑。只要没有大的失误,往往就可以脱罪。

一开始,我没有注意到。

就像我和里子之间有一段不为真帆所知的时间,真帆和里子之间也有一段时间是我所不知道的。里子住院的那段时间,是真帆在照顾依子,依子非常亲近真帆。

也就是说,遭到家暴的不是真帆,是里子。

回头想想,我们一直在轮回。里子承担了我的罪名,真帆代替我杀了里子的外公,而这一次,我代替了真帆和里子。

不过,这一切该结束了。

里子说她不会重蹈覆辙了，我也是。

自己犯下的罪就该自己承担。只有这样，真帆和里子才能重获自由。

听说自首可以减一半的刑。这样的话，死刑和无期徒刑应该都不至于。

数年刑满，我将重获自由。出狱后，一切将从头开始。

我听到真帆在哭。

"为什么？……我们一定可以瞒下去的。"

是的，真帆总是那么自信。她永远相信自己可以把一切都处理得井井有条，也许实际上她也确实处理得很好。但我要用我笨拙的方式对这一切做个了结。

"里子就拜托你了。"

十块钱快打完了。挂断电话前，我听到真帆呜咽着说：

"太狡猾了。"

嗯，我知道。

我很狡猾，真帆也是。

我们是肮脏且罪恶深重的、狡猾的大人，但某些瞬间，我们也可以变回初中生。

"真帆，再见。"

虽然不全是美好的回忆，也有一大把讨厌的事情，我们还都是狡猾的人，但那个时候，我们曾握紧彼此的双手。

"你为什么想杀他？"

"在车站不小心撞到了他，他就对我大吼大叫。结合长相与声音，我立马认出了他就是细尾步。上初中的时候，他杀了我的朋友。放学后，他对我的朋友拳打脚踢，把她活活打死了，就像一场游戏。我上初中的时候也无数次遭到虐待，他们根本不把我当人。我每天都活在噩梦里。一看到他，我立马就想起了当时的遭遇。于是，我跟在他后面，一直跟到他家。"

说这些的时候，我不停地给理菜子道歉。

——对不起啊，当时没有好好照顾你，二十年后却这样利用你，对不起。

这个罪到底该如何才能偿还？

"我没法原谅他。"

说到这里，眼泪自然滑落。为什么呢？明明是在撒谎。

"当时，房子里看上去不像有别人，所以几天后，我偷偷去了他家。房门没锁，他喝了酒，睡着了。我带了刀过去，但是没用，我拿了一把房间里的。"

破绽百出的犯罪，但我没有留下任何可以证明"我为真帆杀了细尾"的证据。

为将近二十年没见的朋友杀人，这并不容易得到证明。同样，也没人能证明我是"为里子杀的"。

所以，我打赌他们一定会相信我所说的这个动机。

我可以把我杀人的菜刀、房子的格局以及他穿的衣服都详细地描述一遍。

说不定还能找到一些物证。

我一遍遍地重复相同的话，正要累得瘫倒的时候，门开了。

是夏目。他走了进来，稳稳地坐在我对面的凳子上。

我原以为他会生气，他却尴尬地笑了。

"没想到是你……"

"我以为你已经开始怀疑了。"

"怀疑你的话，就不会和你有私下来往了，除非我不想要这份工作了。"

他在撒谎。他应该是有所怀疑的，所以才来接近我。而且，他始终没有迈出最后一步。

他把手放到桌子上，看着我。

"我觉得你是受到了坂崎真帆的威胁。"

"她从来没有威胁过我。"

他一脸无奈，他什么也没有掌握到。

"我和真帆在上初中的时候关系很好，但是后来再也没见过。听你说了之后，我才知道那栋公寓是她的。我当时吓了一跳。"

他叹了一口气，显得有些刻意。

"我们已经确认现场的毛发是你的，车站的监控摄像头也拍到了你。"

"嗯……"

我预料到会是这样。只要我一说出来，马上就能得到证明。

"不过，我还是确信你在撒谎。"

我无法回答。

我确实撒谎了。警方应该也能找到一些蛛丝马迹。

比如，真帆给我打电话，真帆来过我家，但是就算找到这些证据，他们应该也没办法知道我为什么要为她杀人，为什么要保护她。

"为什么要去见日野里子？"

"想找她要真帆的联系方式，而且我杀了她丈夫，想看看她什么样子。见到她过得好，我就放心了。"

"你联系过坂崎真帆吗？"

"给她打电话了。"

"说什么了？"

"我不想说，和案子没有直接关系。"

我有保持沉默的权利。他不解地看着我。

"我喜欢过你。"

我很惊讶，我原以为他不会再说这些话。

"对不起。"

不过，他之所以会喜欢我，难道不是因为我是他追查的犯人吗？

这个人说不定能摸清我们之间盘根错节的纠葛。这个念头从我的脑子里一闪而过。

可是，就算这样也依然掩盖不了我杀人的事实。

审判持续了一年半。

五年有期徒刑，那便是对我的惩罚。比想象中短。可能是自首情节减轻了一部分吧，而且我是初犯。

真帆和里子都来法庭做证了。

真帆作为辩方证人，做证说她在事发之前曾给我打电话，告诉我"里子受到了丈夫的家暴"。

真帆隐瞒了部分关于自己的事实，但是她所说的并非完全捏造。我对此表示接受。

也许真帆的证言多少影响了法官心中的天平。

里子陈述了案发时公寓里的情况和细尾酗酒的现状等，其中包括自己和依子受到的暴力对待。她的语气极为克制，无法得知她对我究竟是什么样的情绪。

当她知道是我杀了她的丈夫之后，她是怎么想的呢？

或许她并不希望细尾死，或许她对我感到无比愤怒。不过，这些都不重要，我并不想让她感谢我。

上初二的那个冬天好像也是这样，我并没有期望里子替我顶罪。

既然阴差阳错，事情已经发展成这样了，我们只能从现实出发。

我选择自首也不是为了里子和真帆。这是我的人生，与其不断地逃避，我选择了从头再来，仅此而已。

里子说，没有人能真正改变别人的人生。我觉得她说得对，可如果我们之中少了某一个人，或者是哪怕有一个人做出了不同的选择，我们今天都不会站在这里吧。

我们是一个个独立的个体，却在彼此分开的时候也依然牵扯在一起，今后也将继续牵扯下去。

说实话，我现在也不清楚我对真帆和里子的感情是友情还是爱，也许并没有那么美好。

至少不是什么令人感动的东西。

不过，我还是会觉得：

我绝不孤独。

讲到这儿，她长长地叹了一口气。

她把冰红茶的吸管叼在嘴里，深吸一口，像是要润润喉咙。冰块发出清脆的声音。

我已经知道她不是户塚友梨，而是坂崎真帆。可我不知道该怎么告诉她，所以只是静静地听着。

"刑满出狱后，我经由真帆介绍，租了一间房子，开始了独居生活。我在便当工厂上夜班维持生活，前不久把身体弄垮了，再也坚持不下去了，所以我需要钱。"她盯着我的眼睛说，"你是一个成功的小说家，梦想实现了，钱也赚到了，可能不太理解一个四十多岁的女人要想从零开始靠自己生活下去，实在是太难了。"

也许吧。

虽然我没有大家想的那么光鲜，写的东西也不那么畅销，但是能做个小说家就已经是万幸了。我身体不太好，无法胜任高强度的工作，又不擅长与人打交道。做个小说家至少可以让我与人保持适当的距离，拥有自己的工作节奏。

虽然有时候写得很不顺利，痛苦得抓耳挠腮，但总的来说还是好处居多。

不过，我还是无法完全同意她的说法。户塚友梨出狱后也许在找工作上遇到了诸多困难，但坂崎真帆不一样。她没有前科，还有自己的房产，完全不需要羡慕我。

上次聊完之后，我到图书馆查了以前的报纸。

一则不起眼的社会新闻中提到，一个名叫户塚友梨的女性杀死了她的名叫细尾步的初中同学。

眼前这个女人说的话，至少有一部分是真的。

但是，如果眼前的这个人是坂崎真帆假冒的户塚友梨的话，真正的户塚友梨怎么样了呢?

"你尽情赞美自己的人生,没有人愿意关心我们这些轨道外的人。"

按她的意思,我好像也有一部分责任。

我舒了一口气,从包里掏出毕业相册。

她顿时睁大了眼睛。

"坂崎真帆同学,你为什么要假冒户塚友梨,请你告诉我。"

"你是在哪里……"

我笑了笑,翻开毕业相册的其中一页,把我的照片指给她看。

我感觉到她屏住了呼吸。

"这是……"

"对,是我。我和你们是一个初中的。"

每天都活在狂风暴雨之中,我现在依然无法消除对大人们的不信任感,虽然自己早就已经是个大人了。

"没想到……"

她刚刚说没有一个人愿意关心她们,可她们也从来没有关心过我的存在。

当然,这不能完全怪她们。我们那个时候不过是擦肩而过而已,没有任何共同的经历,直到最近再见。

真帆把手贴在额头上笑了:

"友梨有好几本你的书,我以为她是你的粉丝。现在看来,可能是因为我们曾经在同一个学校就读。"

在书店工作过的户塚友梨知道我的名字并不奇怪，同学当中也有不少人知道我当了一名小说家。

"或许吧。户塚同学呢？"

"三年前死了，胰腺癌。"

我的身体僵住了。

"临走前，她给了我几本书和一台旧电脑。里面有你的书，电脑里存着她自己写的类似于自传的小说。说实话，就算把她写的东西直接拿去报名某个新人奖，就故事所涉及的内容而言，人家肯定不予受理。我自己又不能重写，所以希望你能把它写出来。要钱只是个借口，为了不引起你的怀疑，其实要不要都无所谓。"

原来是这样。

"但我说的内容全部都是她写的，我可以把原文件发给你。"

我摇了摇头，这没有任何意义。

"日野里子呢？"

"她很好，依子也上高中了。"

"是你在帮她们吗？"

"一点点吧。给她们介绍房子，里子生病的时候帮忙照看一下依子，仅此而已。等依子上大学了，准备让她到我们那儿兼职。"

对于带着孩子独自生活的女性，这已经是巨大的帮助了。

"友梨说我和里子之间可能也有了心灵上的联系，但其实我没有感受到太多的感情，不过是在她困难的时候提供一些力所能及的帮助而已。"

"仅此而已。"真帆重复道。

不管真帆怎么解释，她们仍然是紧紧地联系在一起的，从未断开过。

"很大一部分原因是有依子，孩子的魔力实在是太大了。当你帮助了一个孩子，你就会觉得自己似乎有了存在的价值，就算那不是自己的孩子。"

真帆低头叹了口气，笑了。

"无论如何，友梨都已经离开了这个世界，我们这些还活着的人得好好活下去。"

"是啊。"

我不觉得今后再也无法收获新鲜的体验了，但是今后，新鲜的体验注定再也不会无穷无尽地涌现了。

朋友也好，自己也好，无论过得怎么样，我们只能珍惜目前拥有的一切，好好地活下去。

"友梨对你来讲很特别吗？"

真帆望着我，似乎有点生气。

"从来没有人会那么不顾一切地救我，不惜伤害别人也要保护我，从来没有。你有吗？"

我摇了摇头。

"那个时候，我第一次觉得，原来我也配活在这个世界上。但是后来我发现，友梨会这么做，只是出于愧疚，因为她当初没能保护好里子。这一点我始终无法原谅。"真帆之前说过，她曾向友梨提出绝交，"后来，我从里子那儿得知她和友梨正在计划杀死她外公时，更加觉得不可原谅。我不想让友梨为别人做这些事情。除了友梨，没有人会救我了，我的世界就只有她了。"

似曾相识的感觉。

真帆带着对友梨孩子般的占有欲慢慢长成了大人。

小的时候，关系最好的朋友就是最珍贵的宝藏，似乎总是带着恋人般的亲密和占有欲，几乎没有什么能与失去朋友的悲伤匹敌。

那种感觉一直持续到什么时候来着？上初中那会儿肯定是切实存在的，之后不停地通过理性去压制，终于在不知不觉间彻底忘记了。

不，也许没有忘记。也许只是因为这种感觉对大人而言过于危险，所以大人把它封印在了心底。

与此同时，我似乎有点理解真帆为什么要假扮友梨了。

她想听一听从友梨口中讲述出来的故事，她想给故事一个确切的形状。时间一去不复返，从别人口中讲述出来的故事，那是挽回时间唯一的办法。

"虽然已经很久没见了，但是我很高兴友梨依然相信了我的谎言，不惜杀人也要解救我。不过与此同时，我也意识到，我们犯下了不可挽回的错误。"

不可挽回的错误不止这一个。

如果友梨意识到了真帆的谎言，她可能会一直记恨真帆。就算没有意识到，为了让谎言继续下去，真帆也再不能和友梨见面了。

"但我也是真的想保护她，我不想让友梨成为一个杀人犯。"

她应该没有想到友梨会自首吧。

"我们约定刑满之后再见，但是她出狱不到半年就病倒了。我真的是太无知了，直到那个时候我才意识到，这个世界是会变的。"

当然会变，但我没有资格笑她。

哪有人会每天都设想自己或者重要的人第二天就会死掉？我们只会被突如其来的永别搞得手足无措，永远如此。

"我不知道友梨是不是真的原谅我了，至少表面上是这样的。电脑和书也托付给了我。所以我决定和里子勉强活下去，当然免不了偶尔会发生一些令人生气的事情。"

"只是偶尔的话，已经很不错了。"

听我这么说，真帆擦了擦眼泪，笑了。

回到家，我坐在桌前，打开电脑接上电源。

思考怎样才能把这个故事以自己的方式创作出来。就算与自己完全无关的故事，我也要反复咀嚼、消化，才能下笔。

我从来没有写过自传性的故事，我平淡无奇的生活并不足以支持我写出别人跌宕起伏的一生。不过，我将自己打碎，把碎片融进了每一个故事里。

我跟真帆说，我不是写实型的作家，故事的结局必须由我决定。她说不要紧。

反正人物的名字都会被换掉，应该没什么人能知道这是她们的故事。

电脑已经很老旧了，开机花了不少时间。得赶紧换了才行。

终于看到开机画面了，我打开文本编辑器。

开头已经想好了，就从夕阳下的团地开始吧。

正准备写下第一行字，我又陷入了沉思。

这是三个人的故事，直接这么下笔，必然深陷迷宫之中。遇到这种情况，我总是先把最后一幕写好。

先找到终点，中途就不会迷路。如果写到一半对结局不满意，推翻重写就好了。而且，大多数情况下都得重写。

但暂且定好的最后一幕是远方的一束光，是路标。我将在它的指引下，开启一段四百多页稿纸的旅程。

我闭目沉思。可以的话，想尽量安排一个好的结局。

那应该也是友梨的心愿。

我看到一片星空，三个人开着小车在星空下旅行。

她们的脸上长满了皱纹，头上零星着白发。她们笑着。

她们是在去草原的路上吧？也许是去海边的某个小屋，或者只是沿着海岸线漫无目的地奔驰。

幸福吗？有价值吗？她们不再遵循他人的评价标准，只是不停地前行，直到道路的尽头。她们打破所有藩篱，无拘无束。

也许偶尔会悔恨，偶尔会反省，第二天起来，抛之脑后就好了。

难免会受伤，难免会受挫，难免会失去，难免会变老，但是未来永远握在我们手中。